或る一族の肖像

信長と戦った父、
幕末への流れを作った娘

西村弘毅

郁朋社

或る一族の肖像——信長と戦った父、幕末への流れを作った娘——／目次

第一部　織田信長と戦った父、安休

第二部　幕末明治への流れを作った娘、武佐

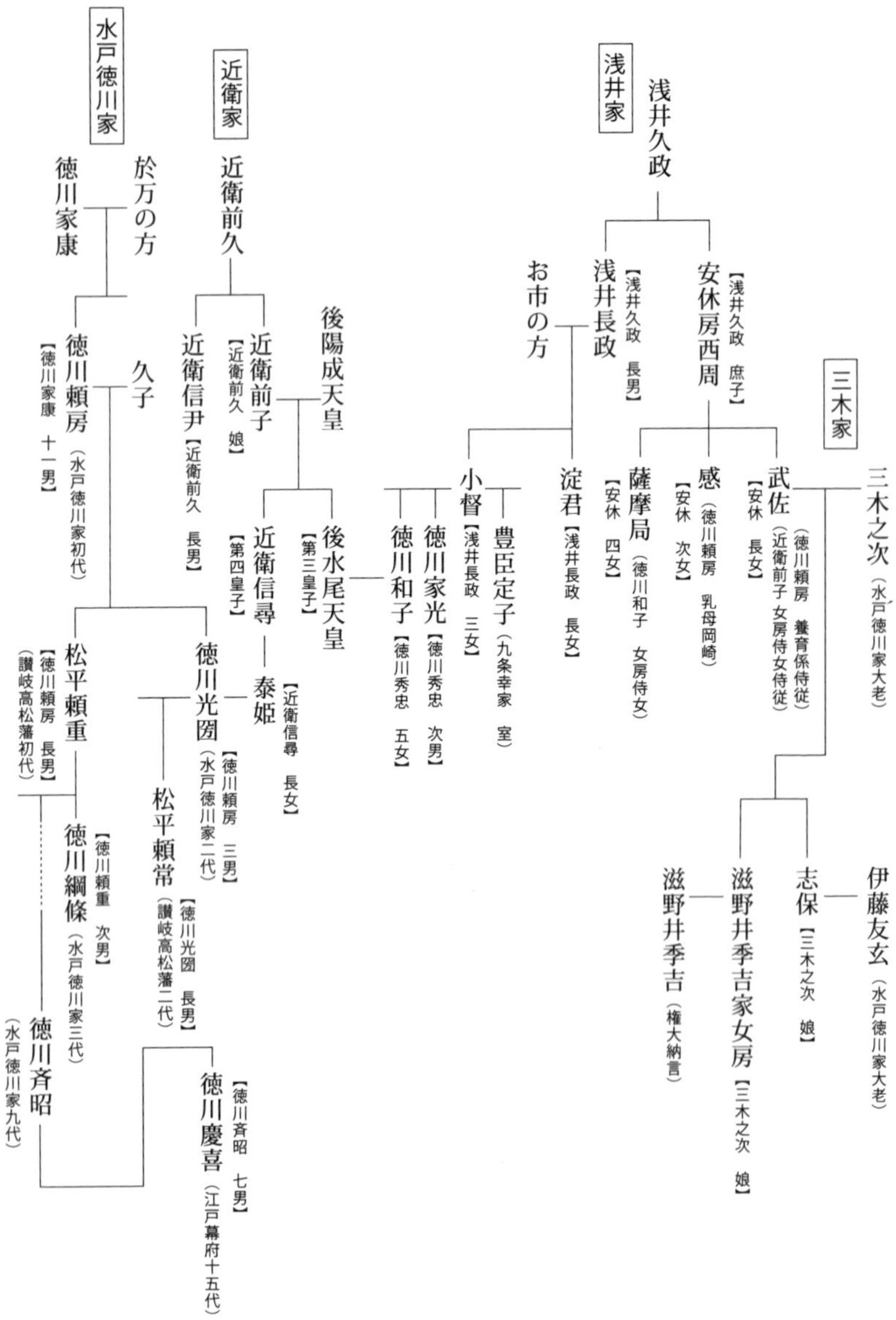
浅井家
浅井久政
安休房西周【浅井久政　庶子】
浅井長政【浅井久政　長男】
お市の方
三木家
三木之次（水戸徳川家大老）
武佐【安休　長女】（徳川頼房　養育係侍従）（近衛前子　女房侍女侍従）
感【安休　次女】（徳川頼房　乳母岡崎）
薩摩局【安休　四女】（徳川和子　女房侍女）
淀君【浅井長政　長女】
小督【浅井長政　三女】
豊臣定子（九条幸家　室）
徳川家光【徳川秀忠　次男】
徳川和子【徳川秀忠　五女】
近衛家
近衛前久
後陽成天皇
近衛前子【近衛前久　娘】
近衛信尹【近衛前久　長男】
後水尾天皇【第三皇子】
近衛信尋【第四皇子】
泰姫【近衛信尋　長女】
水戸徳川家
於万の方
徳川家康
久子
徳川頼房【徳川家康　十一男】（水戸徳川家初代）
徳川光圀【徳川頼房　三男】（水戸徳川家二代）
松平頼重【徳川頼房　長男】（讃岐高松藩初代）
松平頼常【徳川光圀　長男】（讃岐高松藩二代）
徳川綱條【徳川頼重　次男】（水戸徳川家三代）
徳川斉昭（水戸徳川家九代）
徳川慶喜【徳川斉昭　七男】（江戸幕府十五代）
伊藤友玄（水戸徳川家大老）
志保【三木之次　娘】
滋野井季吉家女房【三木之次　娘】
滋野井季吉（権大納言）

第一部

織田信長と戦った父、安休

序章　武士の世界の終焉、その瞬間

慶応《けいおう》四年（一八六八）、一つの時代が終わろうとしている。

終わるのは徳川家によって統治されてきた武士の社会、江戸時代の終焉。

始まるのは新政府が治める近代日本、明治時代の幕開けである。

この年の正月、徳川家は鳥羽伏見の戦いで新政府軍に敗れた。征夷大将軍であった徳川慶喜《とくがわよしのぶ》は敗れると朝敵とされ、寛永寺《かんえいじ》に入って謹慎する。

その徳川慶喜を追いつめる新政府。幕末「尊王攘夷《そんのうじょうい》」という思想が日本に広まり、討幕（江戸幕府を倒す）という目標と結びつき、曲がりなりにも明治維新と呼ばれる近代化革命を起こした。

謹慎の為に寛永寺へ向かう徳川慶喜。何を思っていただろう。

——最後の最後まで新政府と戦わなかったことに、後ろ指を指されるのは耐えられる。だが今上《きんじょう》天皇（明治天皇）に刃向かい、朝敵と呼ばれるのには耐えられん。

これはまず、思っていたに違いない。

厳密には四ヶ月前の慶応三年（一八六七）十月、将軍職を朝廷へ返上していた徳川慶喜は、結果的に歴史上最後の征夷大将軍となった。

慶応四年は改元され、明治元年となる。日本史上、大きな節目の年となった。

まさに武士の世界の最後の瞬間である。

では朝敵とされた徳川慶喜。その慶喜が最後の征夷大将軍となったこと。

「尊王攘夷」という思想が広まり、明治維新という近代化革命が起こったこと。

これらを含め、幕末と呼ばれた時代。

この時代に起こったことは偶然だったのだろうか。

偶然——、と言ってしまえば全てが偶然で片づけられる。だが必然、とまでは言わなくとも幾つかの要因が重なり起きた出来事ではある。

その要因の一つは、幕末から遡ること三百年前、室町時代後期から始まる。

室町時代後期、一人の僧がいた。この僧の一族は赤子の兄弟を密《ひそ》かに助けるが、助けられた兄弟が幕末の舞台を作る基となった。

結果的に幕末の舞台を作り出した一族の物語。

最初は幕末より遡ること三百年前の元亀《げんき》元年（一五七〇）六月末日、僧として織田信長《おだのぶなが》と戦った父の話から始めたい。

第一章　六月　近衛前久《このえさきひさ》の奔走《ほんそう》

元亀元年（一五七〇）六月末日。

現在の大阪城と大阪城公園。この場所には室町時代後期、一つの大寺院があった。寺の名を大坂本《おおさかほん》願寺《がんじ》と言う。後世では大坂本願寺という名より、石山《いしやま》本願寺で知られる。後者に馴染みがあるので、この話を通しても石山本願寺と呼ぶ。

さて石山本願寺に一人の若い僧が仏に仕え住んでいた。寺の人々はこの僧を「安休《あんきゅう》」と呼んでいる。用を言いつけられ出掛けていた安休が、昼過ぎに戻ってきた。石山本願寺の周りを囲む寺内町を抜け、南外門《みなみがいもん》を潜り寺内に入る。暑い季節である。陽に焼けた顔から汗が流れる。手拭《てぬぐ》いで額の辺りを拭きながら歩いていると、呼び止められた。

「暑うございますな、安休様」

声を掛けてきたのは初老の番衆《ばんしゅう》。

番衆は石山本願寺の警備や修理、寺内町で起こる揉《も》め事の解決など日常の雑務を担《にな》っている。声を掛けてきた番衆は日頃、寺内で警護をしていた。安休も名こそ知らないが顔見知りである。

「本当に、暑うございます」

少しおどけて、安休は大げさに頷《うなず》いて返す。

「御用からお戻りですか」

「はい、只今戻ってきたところです」

「ご苦労様です」

二人は木陰《こかげ》の下に入り一息つく。

「そういえば安休様、聞かれたか。この暑い最中《さなか》にまた大きな戦《いく》さがあったそうな。寺内《てらうち》ではその噂でもちきりですぞ」

室町時代後期、後世では戦国と呼ばれた時代。大小の勢力が絶え間なく小競り合いを行っている。しかし大きな戦いとなると、そうそうは起こらない。

「いえ存じませぬ。何処で起こったのです」

「琵琶湖の湖北《こほく》（現在の滋賀県北部）に姉川《あねがわ》という川がございます。儂《わし》は湖南金森《こなんかなもり》の生まれじゃが、親戚《しんせき》が姉川の周辺におりましてな」

雑務を行う番衆達は、石山本願寺に連なる各地の寺の門徒が派遣され遣って来る。安休と話している番衆は、近江国《おうみのくに》金森（現在の滋賀県守山《もりやま》市）から来た門徒であった。

「その姉川を挟んで織田《おだ》と浅井《あざい》朝倉《あさくら》が三日前から激しく争っているそうな。暑い最中にご苦労なことですな」

元亀元年（一五七〇）六月二十八日。

尾張国《おわりのくに》、美濃国《みののくに》（現在の愛知県、岐阜県）を治める織田家。

北近江を治める浅井家と越前国《えちぜんのくに》（現在の福井県嶺北《れいほく》）を治める朝倉家。

この二つの勢力が川を挟んで争った、姉川の戦いである。

安休は汗を拭《ぬぐ》っていた手を止めた。

――浅井家も戦っているのか。

安休は浅井家と所縁《ゆかり》がある。といっても所縁があるというだけで生まれてこの方、浅井家と関わりを持ったことが無い。だから、あぁ浅井家が戦っているのか、という程度の関心である。それよりも小首を傾げた後、番衆に問うた。

「浅井家は織田家に属していたのではないのですか」

安休の中の薄い記憶では、浅井家は織田家と友好関係にある、となっている。

「安休様はあれですな、内々で務めをされておるから寺内に関しては詳しいが、世間の話に関してはからっきしですな」

「すみません」

安休も世間の事情に疎《うと》い、と言われるのは自覚があるだけに痛い所であった。それより反射的に詫《わ》びが口から出、番衆は慌《あわ》てて手を振る。

「いやいや安休様は、それだけ仏様に仕えておられる、有難《ありがた》い有難《ありがた》い」

そう言って手を合せ拝んできたので、今度は安休が慌てて手を振る。

「勘弁してください、恥ずかしゅうございます。それより――」

「そうですな。されば、事の起こりは五年前になります」

永禄《えいろく》八年（一五六五）。

それまで畿内を支配していたのは三好《みよし》家であった。その三好家が室町幕府将軍足利義輝《あしかがよしてる》を白昼襲撃し、殺害した。「永禄《えいろく》の変《へん》」と呼ばれる事件である。

「ところで討たれた公方様《くぼうさま》（足利義輝）には弟御《おとうとご》がおられてな。その弟御を織田が担《かつ》いで上洛した、それが二年前じゃ」

討たれた将軍足利義輝には唯一生き残った弟がいた、室町幕府最後の将軍となる足利義昭《よしあき》である。義昭は奈良の興福寺《こうふくじ》で僧をしていたが、幕府の家臣達に手引きされ寺を逃げた。

この弟を擁立した大名が織田信長である。信長は三河国《みかわのくに》（現在の愛知県東部）の徳川家や浅井家と足利義昭を奉《ほう》じ上洛した。

「そして担がれた弟御は征夷大将軍になられたそうな」

「今の公方様（足利義昭）を戴《いただ》いた織田家は三好家を追いだし、大変な威勢ですね」

将軍を擁立した織田信長は、それまで畿内に影響力を持っていた三好家を四国へ追い出し、代わって畿内の大名や国人衆《こくじんしゅう》（地域の小領主）に対して影響力を持つようになった。

尾張や美濃といった中部地方を支配していた織田家は、足利義昭を擁立することで飛躍し畿内を勢力下においた。

「それが二年前の話。そして安休様、今年の春じゃ」

元亀元年（一五七〇）五月、織田家は若狭国《わかさのくに》（現在の福井県嶺南《れいなん》）へ兵を進めた。表向きの口実は若狭国武藤家《むとうけ》の討伐であったが、目的は朝倉家の治める越前国への侵攻であった。

「織田は越前まで進みましたが、そこで浅井の裏切りに逢ったそうな」

織田家は金ケ崎《かねがさき》まで進軍したが突如、浅井家に裏切られ退路を断たれた。金ケ崎の退口《のきぐち》と呼ばれる戦いである。裏切られた織田信長は進退窮まったが、窮地を脱し逃げた。

「そうだ、思い出しました。浅井家は二ヶ月前に織田家を離れたのでしたね」

「そうですわ。そして三日前、兵を整えた織田は浅井朝倉と雌雄を決したわけですな」

「そうですか――。それで戦いはどうなったのでしょう」

「さぁ、寺に流れてきた話はそこまでですわ」

安休は番衆の話を聞きながら空を見た。真っ青な空である。

「この空の下《もと》、戦さが行われているなど信じがたいですね」

同じ空の下《した》で争いが行われていると言われても実感が沸《わ》かない。

「そうですな、この辺りは寺も町も穏やかですからな」

石山本願寺は自治を認められた寺である。寺も、寺を囲んでいる町も自らが守り世間の騒がしさとは一線を画している。

「姉川におられる御親類の方がどうしているか、心配ですね」

「儂はこちらの役目（石山本願寺の番衆）が数日で終わりますでな。家に帰ったら、一度湖北へ訪《たず》ねに行こうと思うておったところですじゃ」

「それが良いように思います。それにしても、早く争いの心配のない世が来るとよいのですが」

戦国時代がいつから始まったかは確定していない。ただ十六世紀に入った一五〇〇年代初頭には秩序は崩壊し、七十年間争い続けている。安休にしても、安休と話している番衆にしても生まれた頃には日常の中に戦いがあり、今も日本のどこかで誰かが争っている、そんな時代である。

「まったくですな」

平和な世を知らない番衆の返事は、どこか空虚であった。

そこから話題を転じ、二人は寺内の話などをして木陰で休んでいた。

すると一人の公家《くげ》が南外門の方からやって来た。やはり暑さのせいか、険しい顔を赤くしている。

二人の前を通り過ぎようとする公家に、安休が会釈したので番衆も釣られて会釈する。

ところが公家は二人に目もくれず通り過ぎていった。

「どなたですか、前にもお見掛けしたように思いますが」

二人が並んで公家の背中を見つつ、番衆が小声で尋ねる。

安休は少し間を空けて、

「さぁ」

と、首を傾《かし》げた後に続けた。

「それにしても」

そう言いながら、可笑しそうに番衆を見た。

「顔が――、お日様のようでしたね」

公家の顔が余りに赤かったので、安休は可笑しかったのであろう。

「まったく、まったく。暑うございますからなぁ」

番衆も釣られて可笑しそうに頷く。

「安休様はこれからどうされる」

「中の前栽《せんざい》（庭）が草だらけなので、草取りに」

「御精がでますなぁ」

この暑い最中に草取りか、と言わんばかりに番衆は呆れた顔をしながら会釈をし、二人は別れたところで。

安休は先ほど通り過ぎた公家を知らない、と言ったが名を知っていた。冬から度々寺に出入りをし、安休は饗応《きようおう》の支度などで顔を見ていたので名だけは聞いていた。公家の名を、近衛前久《このえさきひさ》という。


現在の大阪城がそうであるように、同じ場所にあった石山本願寺の北側にも淀川（今日《こんにち》の淀川下流は明治後期に開発され『新淀川』とも呼ばれる。開発以前の淀川下流は現在の大阪市中心部を流れる大川、堂島川、安治川で『旧淀川』とも呼ばれる。この旧淀川に寝屋川が接続し、接続部分を挟み南側が石山本願寺、北側が天満となる）が流れている。その川を利用し、寺は陸運、水運の要衝《ようしよう》として栄え、大規模な寺内町を寺の周りに形成していた。

この石山本願寺の寺内町に、一人の公家が流れてきていた。近衛前久、前関白《さきのかんぱく》である。関白とは成人した天皇を補佐する公家の最高位であった。

前久は藤原氏の嫡流《ちやくりゆう》、藤原五摂家《ごせつけ》の一つ、近衛家に生まれた。名門中の名門の出身である。幼い頃から栄達を極めたが、三十代半ばにして京を追われ流浪《るろう》している。

流浪している前久は、石山本願寺の寺内町に隠れるように住んでいた。そして冬の頃より石山本願寺に出入りをし、夏が始まる前には頻繁に通うようになった。信心が深く仏にすがる為ではない。一人の僧と密談を行うのに通っていた。

「門跡《もんせき》」

季節は酷暑の盛り。前久は手に持っていた扇《おうぎ》を仰《あお》ぎながら、目の前に伏している僧に呼びかける。

「門跡よ、聞き及んでいるか」

石山本願寺には来賓客《らいひんきゃく》を招く「寝殿《しんでん》」と呼ばれる場所がある。その寝殿で前久と対面している僧。名を石山本願寺門跡顕如《けんにょ》。顕如は浄土真宗宗祖親鸞《しんらん》の末裔《まつえい》、石山本願寺十一世の住職である。

「織田家が公方（将軍足利義昭）を担いで上洛し、二年」

永禄の変で征夷大将軍である足利義輝が討たれ、将軍後継の争いが起こった。織田信長は義輝の弟、足利義昭を擁立し上洛に成功する。そして上洛以来、二年が過ぎようとしていた。

「その織田家が、北近江（現在の滋賀県北部）で浅井、朝倉と大きく戦っておるそうな」

姉川の戦いである。

「織田弾正忠《だんじょうちゅう》（織田信長）は、浅井、朝倉を相手にして近江国から動けんだろう」

前久は仰いでいた扇を閉じる。

「織田家は近江国から動けん」

黙して聞いている顕如に、前久は声を高めた。

「そこで――、そこでじゃ」

そう言いながら、閉じた扇で軽く畳を叩く。

「前にも言うたが。四国に退《しりぞ》いた三好家が、畿内に侵攻したいらしい」

足利義輝を討った三好家は、織田家に追い出されるように本領の四国阿波国《あわのくに》（現在の徳島県）へと退いた。ところが三好家は再度畿内に侵攻を企図《きと》している。

「畿内の東にある近江国で織田家は合戦を行い、動けぬだろう。そこで四国から手薄となる畿内の西に侵攻し、三好は巻き返しを図りたいらしい」

再び声を潜《ひそ》めて、前久は剃った顕如の頭に語り続ける。

「その三好家が『どうしても、門跡の助力を仰《あお》ぎたい』と言ってきている」

前久は畿内に侵攻を企図している三好家の依頼で、顕如の許へ訪ねてきた。

「門跡よ、三好と共に戦ってやってはくれぬか」

三好家の依頼で顕如の許を訪れた前久の要件、それは石山本願寺の参戦依頼である。

前久から請われた顕如が、そこで困惑した声を上げる。

「関白様（正確には前関白近衛前久）、私共に戦えと申されましても」

抗弁された前久が、なだめるように説得する。

「畿内にのさばっている織田家、京に居座っている公方（将軍足利義昭）、これらを追い払うのに、一揆《いっき》を起こして三好家を助けてやって欲しい」

「一揆」

肝心な部分、「一揆」という言葉をさらりと言われ、顕如が一言うめいて絶句した。頭を下げたまま、二十代後半となる顕如の顎《あご》から床へ、汗が落ちる。

一揆とは、同じ目的を持った者同士が集まり武力闘争に及ぶことである。

近衛前久は顕如に、石山本願寺の門徒《もんと》を率いて立ち上がり三好家と共に戦え、と言っている。

「門跡さえ応じてくれれば、儂も及ばずながら京へ参らん」

前久自身も朝廷を追われ流浪の身。この機会に京へ戻りたい、という思いが見え隠れする。

だが顕如も簡単に答えの出せる話ではない。事は寺院の運営と行く末が掛かっている。

「しばし考える暇《いとま》を頂き――」

そう言って引き延ばそうとする顕如に、前久が声を荒げて畳みかけた。

「三好からも門跡のところへ使者は来ておろうが」

確かに三好家からの打診の使者も顕如の許へ来ていた。

ところが、ここで顕如も「はい」とは言えない。使者が来ていると肯定してしまえば、前久に話を進める糸口を与えてしまう。さりとて前久と三好家とは連絡を取り合っているので、否定も出来ない。

否《いな》とも応《おう》とも言えなく答えに窮した顕如は、黙り込む。

前久も話を進められず、手持ちぶさたに閉じた扇で畳を叩く。その叩く音が耳に障《さわ》り、顕如を煩《わずら》わす。

この日、約一刻《いっこく》（二時間）は問答を続けている。暑さの盛んな季節である、黙り込んだ二人の首筋から肩へ汗が流れる。

かいた汗から湯気《ゆげ》が立つのではないか、という程の長時間の問答で疲労した前久が根負けした。

「門跡、儂は諦《あきら》めきれん。また来る」

暫《しば》らく肩を落とし項垂《うなだ》れると、力なく立ち上がる。

御坊から外へ出る南外門まで近衛前久を見送る。小さくなる前久の後ろ姿に、顕如は大きな溜息を一つついた。


近衛前久から解放された顕如は、寺院のうち住居のある方へと向かう。

回廊を歩いていると、一人の僧侶が庭で草取りをしているのが見えた。顕如は立ち止まり、暫らく様子を眺める。細い体を屈めて、腕と手だけが引っ切り無しに動いて草をむしっていく。時折、首や腕を叩いている。蚊でもいるのだろう。

「精がでるな、安休」

顕如が細い背中に声を掛けた。呼びかけられた安休は屈んだまま振り返る。振り返って顕如の顔を確認すると、顔をしかめた。

「門跡、また前関白様（近衛前久）と会われていましたか。眉間に皺が」

そう言われた顕如が、眉間の皺をほぐす様に手を添えながら尋ねる。

「なんだ、来られていたのを知っていたか」

「お見掛けしましたから」

安休、正確には名を安休房西周《あんきゅうぼうせいしゅう》という。歳の頃は二十代後半と顕如とは変わらない。或いは同い年とも言われている。

仏への帰依《きえ》が深かった安休の母は、伝手《つて》を頼りに生まれたばかりの安休を連れて石山本願寺へやって来た。一説には、生まれたばかりの顕如の保育にも携《たずさ》わっていたという。

幼い顕如と安休は、石山本願寺において兄弟同然に育った。そして安休は成長すると顕如に仕え、寺の中で内向きの仕事に携わるようになった。

「今日も前関白様は、無理を言いに来られましたか」

手を休めた安休は腰から手拭いを取り、汗を拭きながら顕如の近くに寄ってくる。

「一刻ばかり粘られて、帰られたわ」

顕如は大きく頷き、回廊に座り込む。

「やはり以前に言われていた三好家への加勢の話――」

「まったくな、簡単に一揆を起こせという」

ぼやく顕如に、安休も困り顔をしながら訴える。

「それよりも。足しげく通ってくる貴族は誰ぞ、と番衆や寺の僧達が噂し始めておりますよ」

安休は普段から寺を支える僧や番衆と係わりがある。先ほども初老の番衆から問われたが、足しげく通う近衛前久を寺の者達も気になりだしている。寺の内向きの仕事をしている安休は度々尋ねられたが、まさか「前関白様」とも言えないので白《しら》を切っていた。

「前関白様も、あのように血相を変えて来なくてもよかろうに」

近衛前久も京に戻る為に必死であった。すがる思いで石山本願寺の門を潜る前久の顔はいつも真っ赤である。

　顕如は何度も首を振る。振るたびに額から汗が飛ぶ。

「しかし門跡。これだけ通われてくる前関白様は、ずっとこちら（石山本願寺寺内町）に住まわれているのですか」

　顕如も懐から手拭いを出し、顔の汗を拭き始める。

「分からん、前関白様は身の軽い方だからな。丹波国《たんばのくに》（現在の兵庫県丹波笹山市など）と行き来をされているのかも知れん」

　かつて関白という極官にいた近衛前久が、京を追われ流浪した理由。これは足利義輝が殺された永禄の変と大きく関わっていた。

　近衛前久ほど、永禄の変で翻弄された者はいないだろう。

　将軍足利義輝が殺された永禄の変のあった日。

　将軍の住まう二条御所を襲った三好家。

　三好家は将軍襲撃を行う一方で一人の女性を探させていた、義輝の正室である。義輝の正室は近衛家から嫁いできていて、近衛前久の妹であった。助け出された正室は、その日のうちに前久の許に届けられている。

　御所の並びにあった近衛家の屋敷に身内を届けられて、前久は一通りの礼は言ったに違いない。

　単に三好家が近衛家の人間を助け出したのなら、これで話は終わる。しかしこの後、前久と三好家とで政治的な交渉が行われたのかも知れない。

三好家は将軍の館へ押し入った行動を、御所巻《ごしょまき》（強訴）を行っている最中の事故として朝廷に認めて貰いたい、という願いがある。

もちろん、襲ったことは都の誰もが知っている。無理筋の話である。

ところが数日後、三好家は御所の内、小御所《こごしょ》の庭に通されて御酒《ごしゅ》を下賜《かし》されている。朝廷は三好家の行動を是認した。

ここから、近衛前久と三好家との奇妙な関係が始まる。

永禄の変により室町幕府十三代将軍、足利義輝は亡くなった。よって征夷大将軍の後継を決めなければならない。

殺された足利義輝の兄弟の内、唯一の生き残りであった弟の足利義昭は奈良で僧を勤めていた。この義昭が奈良を脱出した後、還俗《げんぞく》し僧をやめ武家に戻っている。近衛前久は足利義昭と姻戚《いんせき》として深い繋がりがある。

殺された足利義輝や奈良から脱出した足利義昭。これら兄弟の母、慶寿院《けいじゅいん》は前久の叔母に当たる。

更に、義輝の正室は前久の妹である。

自然、足利将軍家と繋がりの深い前久を中心とした近衛家は、生き残った義昭を次の将軍に据えようと考え応援する。

この義昭に対して、義輝を襲った三好家は足利家支流のうち、阿波公方《あわくぼう》足利義栄《よしひで》を四国に保護している。最終的に三好家は足利義栄を将軍に推した。

足利将軍家義昭と阿波公方義栄という従兄弟《いとこ》同士の、将軍の座を掛けた争いである。

そうなると三好家は、足利義昭を応援する近衛前久が邪魔になる。前久に無言の圧力を掛けた。圧力を受けた前久は、表立って義昭を応援出来なくなる。

近衛前久の応援が無くなり、困り果てた足利義昭は前久の政敵である二条晴良《にじょうはるよし》を頼った。

結果、三好家が推した足利義栄は、十四代将軍として朝廷より任じられた。四国にいた義栄は将軍となるべく京に向う。同じ頃、織田信長に擁立された足利義昭も上洛する。

足利義昭を擁立していた織田家が、先に京へ着いた。京へ着いた織田家に押されて三好家は畿内の勢力を失い、大部分が四国に退《ひ》かざるを得なかった。将軍となった足利義栄も上洛途中、摂津国富田《とんだ》で病死する。

近衛前久が望んだ通り、足利義昭は将軍となった。ところが、この状況で困ったのも前久であった。

征夷大将軍となった足利義昭。義昭は奈良から脱出した当初、前久からの応援を受け将軍となるべく活動していた。だが途中から前久の音信が無くなる。前久が三好家から圧力を受けた為であるが、義昭は前久に棄てられたと感じた。その為に義昭は、三好家の推す足利義栄に前久が鞍替えをした、と見た。或《ある》いは、三好家に与《くみ》した前久は兄である足利義輝の殺害に関与しているのではないか、とさえ疑う。

この義昭の疑心を、二条晴良など義昭の周りにいる公卿達も煽《あお》る。

近衛前久は激しい追及を受け、京に居づらくなった。近衛家の家督を幼い子（後の近衛信尹《のぶただ》）に譲ると、京を出奔《しゅっぽん》する。その出奔先で関白も解任され、政敵であった二条晴良が関白に就いた。

京を逃げ出した前久が最初に頼ったのは、姉（或いは妹とも）の嫁ぎ先である赤井直正《あかいなおまさ》が治める丹波国（現在の兵庫県丹波篠山市など）黒井城《くろいじょう》であった。そこから石山本願寺の寺内町に移っている。そして丹波国と石山本願寺とを行き来しながら、京と朝廷へ戻る為の政治活動を行っていた。

「或いは、四国の三好と頻繁に連絡を取り合う為、寺内町におられるのかも知れん」

「まったく、前関白様は煙のように身の軽い方ですね」

「それはそうだ、あの方ほど精力的な方はそうはおるまい」

前久は、この当時のどの人間よりも行動力がある。それも並外れた行動力である。その行動力の片鱗は、およそ十年前には表れている。

十年前の永禄三年（一五六〇）。足利将軍家の統治能力に疑問を持った近衛前久は関白位のまま長尾景虎《ながおかげとら》（後の上杉謙信《うえすぎけんしん》）の力を頼るべく越後国《えちごのくに》（現在の新潟県）へ下向《げこう》している。更に長尾景虎の行っていた関東遠征にまで同行した。朝廷の極官にありながら全国を飛び回る、身の軽いことこの上ない。

「前関白様はなまくらな貴族ではないな。居を変えながら活動するなど訳はないだろう」

教養と行動力だけなら、近衛前久は誰よりも持っていただろう。

「それにしても」

疑問が沸いた安休が、首を捻る。

「それだけ動き回られている前関白様は、本当に京へ帰ることなど出来るのでしょうか」

「前関白様が京を離れられたのも、公方様（足利義昭）の逆恨み、と言えば逆恨みなのだが」

顕如も前久個人に対しては、同情的ではある。

「なんとか都に戻り、朝廷に還りたいお気持ちも分からなくは無いのですが」

安休は手にしている手拭いを畳みながら呟く。

「織田弾正忠（織田信長）は前関白様を許しているそうだが、公方様（足利義昭）が納得されていないそうだ」

京へ戻りたい近衛前久。

前久は織田信長や足利義昭と下交渉を行った。ところが織田信長は前久に帰京を薦めていたが、義昭の逆恨みは解けていない。よって前久の望みである京と朝廷への復帰は叶わない。

望みの叶わない近衛前久は、よほど腹に据えかねたのだろう。およそ一ヶ月後の元亀元年（一五七〇）八月十日、親交のあった薩摩国《さつまのくに》（現在の鹿児島県）の守護大名島津貴久《しまづたかひさ》に出した手紙の前半にこの内容を記している。その中に京を追われたことを「無念」と述べ、足利義昭の追及で「面目を失った」とまで述べている。前久は足利義昭に対し恨みを持った。

だが残念、無念とばかり言っていても始まらない。近衛前久は京と朝廷への復帰の為に三好家と連携を取り、足利義昭と織田信長との追い落としを画策した。

「しかし、三好家と組んで一揆を起こせとは」

汗を拭いていた手拭いを畳み、懐になおしながら顕如が呻く。

「それでも前関白様の頼み、無下にも出来ないのでは」

呻いた顕如を見て、安休は心配そうに尋ねるが、顕如は嫌な顔をしたまま黙り込んだ。顕如にとって今、一番言われたくない一言であった。

そう、前関白とはいえ只の頼み事なら顕如もここまで困らない。流浪の貴族の頼み事である。ところが顕如は近衛前久の申し出を簡単に断れない「借り」がある。それも古い借りではない、今年に入ってからの借りであった。

顕如が受けた近衛前久からの借り。

これは石山本願寺門跡顕如の「門跡」に関係がある。

門跡とは、江戸時代が終わるまであった寺の格付け、寺格のうち最高位の寺の住職を指す。つまり寺格の最高位にある寺を門跡寺院、その門跡寺院の住職を門跡と言う。

この門跡制度の歴史は古い、平安時代から存在する。

医療技術が未熟な昔、生まれた子が成人出来る可能性は高くなかった。家の跡取りを残さなければならない皇族、貴族は子を多くもうける。ところが子を多くもうけ過ぎると、今度は家を継がせる際に、資産を分散させて家の力を弱める。そこで原則として跡取りの男子を残し、その他の子は養子に出すか、寺に預けるようにした。

預けられる寺も、これを歓迎し住職として据える。なぜ寺は喜んで公家の子を受け入れたのか。

僧侶は本来、人々に仏の教えを説き安寧《あんねい》に導くことを存在意義としてきたはずである。その為、教えを説く僧は仏法を深く修めた僧こそ望ましい。

しかし教えを受ける側の人々は、どれだけ仏法を修めていても有難さが分かり難い。

そこで僧が皇族、貴族の子弟であると、その出身の家や位を聞くことで、学問の深さ以上に有難さを理解する目安となった。よって富裕な寺々は、住職に皇族、公家の子弟を喜んで受け入れる。

こうして平安時代に始まった門跡制度は、鎌倉時代の終わりには特定の皇族、公卿の子弟が住職を務める寺の意味で定着する。

更に室町時代以降になると、皇族と藤原五摂家に出自を持つ住職の寺に限定された。

言い換えれば、寺格の最高位である門跡寺院の門跡の地位は、出家した皇族、藤原五摂家の子弟に限られる。

ところで石山本願寺「門跡」顕如である。この寺格の最高位を得ている顕如は、浄土真宗宗祖親鸞の末裔である。皇族、藤原五摂家とは関係がない。よって門跡になる資格は無いし、代々の本願寺住職も門跡ではなかった。

そもそも本願寺はその興《おこ》りから紆余曲折して、宗派こそ異なるが天台宗青蓮院《てんだいしゅうしょうれんいん》門跡の許《もと》に連なっていた。だが青蓮院門跡に属していた本願寺は、宗祖親鸞の頃から他宗派により度々迫害を受けた。親鸞の興した本願寺は、その興りから苦難と共にする。

顕如から数え三代前の住職、本願寺八世蓮如《れんによ》が継いだ時には没落を極める。そこで蓮如は、布教の為に京を後にした。この蓮如の布教活動により、日本全国に多くの門徒を獲得出来た。特に加賀国《かがのくに》(現在の石川県)は門徒による一揆で守護大名を倒し、事実上専有するに至る。このように多くの門徒に支えられた本願寺は裕福となる。

余裕の生まれた本願寺は、余力をもって朝廷に対し寄付を行うようになった。取り分け正親町《おおぎまち》天皇の即位に際し多額の寄付を行っている。

すると永禄二年（一五五九）、正親町天皇は石山本願寺顕如を門跡に列した。

これは顕如と顕如の父証如《しょうにょ》の二代に渡って、得度《とくど》（僧侶となる出家の儀式）の際、藤原五摂家の一つ九条家の猶子《ゆうし》（後見人となるような制度）となっているので、九条家に連なる者として門跡になる資格を有すると見なされ例外的に勅許が下りた。

本願寺の門跡成《もんせきなり》である。

苦難の道を歩んできた本願寺は、顕如の代で寺格の最高位を得るまでになった。

門跡となれた顕如は、更なる寺院の安定を考える。次の世代も門跡とし、盤石な基盤を築きたい。

そこで顕如の長男教如《きょうにょ》が、この元亀元年（一五七〇）二月に得度した。教如は近衛前久の猶子となっているが、恐らく得度のあった二月以前に猶子となっているはずである。

この元亀元年の時点において顕如は、長男教如を近衛前久の猶子としてもらい、藤原五摂家の一つ近衛家に連なる者として教如を門跡とし、次代の石山本願寺門跡に据えるはずであった。

というのも、翌元亀二年（一五七一）十二月、顕如が京の万里小路《までのこうじ》家に宛てた手紙において次の二点を記している。

教如が前年に得度し新門跡となったこと。

朝廷への披露が遅れ延期となっていること。

顕如は長男教如を門跡とする為に、近衛前久に猶子にしてもらい借りを作った。前久の頼みを無下《むげ》に出来ない関係となっている。

黙り込んでいる顕如に、安休が心配そうに語る。

「門跡の御子（教如）を次の御門跡とするよう、前関白様はお力添えをしてくださったのですが、まさかこのような話に巻き込まれようとは」

目を閉じ黙した顕如から返事は返ってこなかった。考え込んだ顕如を見て、安休は再び草取りの為に庭へ出た。

元亀元年（一五七〇）六月末日、織田信長に擁立された足利義昭が将軍となり、世はひとまずも安定したかに見えた。それに対して四国に追われた三好家は再び畿内に侵攻を企図し、近衛前久を間に立て石山本願寺に加勢を求めた。ところが石山本願寺門跡顕如はこの依頼に対して、返答を出せずにいた。

顕如はこの時、悩みの中にいた。

第二章　七月　顕如の決断

元亀元年（一五七〇）七月中旬、摂津国（現在の大阪府北部等）石山本願寺。

近衛前久は相変わらず、日にちを置いて顕如を訪ねていた。

前久は四国の三好家から仲介を頼まれ、石山本願寺へやって来ている。

「四国から三好が侵攻してくれれば、一揆を起こして助けてくれるだけでよい」

そう前久に言われて、顕如は苦い顔をする。

「簡単におっしゃいますな」

顕如も、一揆を簡単には起こせない。

「三好が動き、本願寺が加勢すれば織田と公方（将軍足利義昭）を畿内から追い出せる」

「本当にそうなるでしょうか」

「そうなる」

寺に押し掛け青筋を立てて話す前久に、顕如も遠慮が無くなっている。

「だいたい織田家は近江国での戦さを切り上げ、引き揚げたと聞きます。三好が立ち上がっても、織田に体よく追い返されるのでは」

織田家は姉川の戦いにおいて、浅井家朝倉家に勝った。からくも、ではあったが「勝ち」という結果に満足した織田信長はそれ以上の深追いはせず、居城のある岐阜へと戻る。

織田家が浅井朝倉を相手に近江で動けず窮地に陥る、そう見立てていた前久は思惑が狂い言葉を詰まらせる。その詰まった前久に顕如が諭《さと》す。

「織田に負け続けている三好などが立ち上がったところで、勝てますまい」

「だから助けてくれ、と儂《わし》が何度も来ておるのではないか」

言い負かされそうな前久が声を荒げ、顕如の勢いを押し返そうとする。そこから前久と顕如が押し問答を続け、根負けした前久が、

「また来る」

と言って引き上げる。そんなやり取りが何度か続いた。

ところがある日、前久は去り際に呟いた。

「門跡（顕如）、三好の先陣が四国を出る。あまり迷うている時間はないぞ」

言われた顕如は呆然として、前久を見送った。

それから数日たったある夜。

石山本願寺に仕える安休は、顕如に自室へ来るように呼ばれる。

顕如の部屋へ行くと、入れ違いに坊官《ぼうかん》の下間頼總《しもづまらいそう》が出てくる所であった。坊官とは、門跡に仕え実

務を担当する役職である。この役職は門跡に付随して置かれるようになり、家政を担《にな》い近侍《きんじ》する。顕如が門跡となった時、それまで本願寺の実務を担当していた下間氏の中から坊官が選ばれた。

安休は深々と下間頼總にお辞儀をする。普段ならそのまま安休の横を通り過ぎるのだが、この夜は横で一端立ち止まった。下間頼總はお辞儀をして立ち止まっている安休を一瞥《いちべつ》した後に立ち去った気がしたが、安休は下を向いているので分からない。

暫《しば》らく首を傾げて考えたが、部屋から顕如に呼ばれる。

「安休か、入れ」

部屋には顕如が一人。

安休は顕如に対面する形で座ると、深々とお辞儀をする。

「お呼びと伺《うかが》い参りました」

「うん」

ところが顕如は返事をした後、しばらく頭を撫《な》で考える。そこから話を切り出した。

「最近は、前関白様（近衛前久）が出入りをしていて何かと忙しくてな」

そう言いながら、顕如は足を崩して胡坐《あぐら》を組む。

「丹後守様《たんごのかみ》（下間頼総）と話されていたのも前関白様の件で」

安休に聞かれて、顕如は頷く。そこから再び、顕如は何かを思案しているようであったが、おもむろに尋ねだした。

「お前、前関白様と我々との関係を抜きにして。前関白様からの申し出をどう思う」

安休は顕如と石山本願寺で共に育ったが、表向きに関する意見を求められたことなどなかった。

「どう思うも何も――」

自分に意見を求められて、安休は驚いた。

――この人が、ここまで迷うのか。

石山本願寺にいる者は、上の坊官から下の僧侶まで顕如を頼りに仕えている。これまで顕如は重責に耐えてきたし、迷うそぶりを見せてこなかった。

「三好家に加担し、一揆を起こして織田弾正忠（織田信長）や公方様（足利義昭）を畿内から追い出せるかなど、私には分かりません」

分からない、というのが安休の素直な意見だ。それに顕如も頷く。

「そうだな、分からんよなぁ」

呟いた顕如は腕を組んで渋い顔をしたが、続けて問うた。

「では我々（石山本願寺）は織田家の治める世で、今まで通り仏に仕えてやっていけるかね」

織田家が治める世界で、石山本願寺はこれまで通りやっていけるのか。

顕如が内容を変え聞いてきた質問には、安休も意見がある。この意見は、正確には安休だけのものではない。石山本願寺の僧達、それも寺を支える僧達や番衆達の普段の話から導き出した意見である。

「やっていけるとは、思えません」

そう断言した安休に、顕如が少し驚く。兄弟同然に育った安休が、ここまではっきりと意見を言うのも珍しい。足を組んで話を聞く顕如が、身を乗り出す。

「何故だね」

――出過ぎたことを言ったか。

安休は軽く後悔したが、何故かと問われれば答えるしかない。

「織田家が非道だからです」

非道だから、という意見に顕如は頷いた。その後、少し小首を傾げて考えた後に続けるよう促したので、安休は頷き返す。

「されば、織田家と公方様が上洛してきた時です。織田家は上洛し、京を越え摂津国へも来ました。その時の富田寺内町《とんだじないちょう》（現在の大阪府高槻市）や、郡山道場《こおりやまどうじょう》（現在の大阪府茨木市にあった寺院）を強請《ゆす》り、矢銭《やせん》（軍用金）を奪ったやり方は非道です」

およそ二年前の永禄十一年（一五六八）。

織田信長は足利義昭を擁立して上洛した。

上洛した織田家はそのまま京に留まらず、進軍を続けた。山崎（現在の京都府乙訓郡大山崎町《おとくにぐんおおやまざきちょう》）に辿り着くと、家々に入り乱妨取り（略奪）を行う。

山崎を越えるとその隣、石山本願寺に連なる寺がある富田寺内町の外を焼き、更に郡山道場を破却している。その上で、これらを脅しつけて矢銭を課した。

「そして織田家は石山本願寺や堺の町にも矢銭を強要しました」

織田信長は、摂津国、河内国に辿り着くと石山本願寺や堺の町にも矢銭を求めてきた。表向きの理由は正親町天皇《おおぎまちてんのう》が住まう御所を修理する為の献金要求である。

だが、これが建前なのは直ぐに分かる。織田家の上洛にも費用が掛かっている。

富田寺内町や郡山道場の惨状を見て、顕如は求められた五千貫《がん》を織田家に出している。

ところが堺の町は織田家に要求された二万貫を拒否した。拒否したうえで、兵を雇い入れ町の守りを固めた。そして織田家と敵対関係にある三好家と連絡を取り合う。

「昨年、三好家が四国に退くと織田家は矢銭を拒否した堺の町を囲みました。そこで堺の町も矢銭を出しましたが、最後まで拒んだ尼崎（現在の兵庫県尼崎市）はあの有様です」

前年、永禄十二年（一五六九）。

京の本圀寺《ほんこくじ》にいた足利義昭を三好家が襲撃した。この襲撃は失敗に終わり、これにより三好家は畿内を棄てて完全に四国へ退く。織田家は三好家の脅威がなくなると、改めて堺の町を取り囲み、矢銭を求めた。町は従うしかなかった。

以降、堺の町は織田家から代官を派遣され、堺の納屋衆《なやしゅう》である今井宗久《いまいそうきゅう》と共に織田家主導で堺を運営していく。

しかし、織田家の求めた矢銭に最後まで反発した町がある、尼崎である。

尼崎は四国からの木材を京へと運ぶ中継地点として賑わい、発展した都市であった。

この尼崎にも織田家は矢銭を求めてやって来た。そこで尼崎の町衆と織田家とは矢銭に関する話し合いを持った。ところが話し合いは物別れから喧嘩となり、織田家が負けた。喧嘩で負けた織田家は兵を整え、尼崎の町に入ると民を討ち、焼き払った。

「故に非道と言うかね」

顕如が問い、安休は頷く。

確かに顕如も、織田家の行いは非道に思う。

京を越え山崎で乱妨取り（略奪）を行い、富田、郡山道場、石山本願寺、堺、尼崎に矢銭を強要している。織田家の行いは非道ではある。

しかし略奪は当時、戦場に出る兵士の収入を確保する権利でもあった。織田家に限らず大名、国人は兵士を統率する為、略奪を黙認している。

また石山本願寺は自治都市の権利として守護大名から税を免除されているが、反対に献金を求められることも有る。寺院の安定した運営の為、矢銭や献金を求められれば支払うことも有る。

顕如も、織田家の行いは行き過ぎていると思うし、非道だとも思う。それでも一揆を起こして敵対するまでには至らない。

「更に更に、皆が口々に申しております。織田家は、この石山本願寺を欲していると」

安休は憤りから、少し顔を赤くし始めている。

この話には伏線がある。やはり前年の永禄十二年（一五六九）十一月の話。

顕如は将軍足利義昭から詰問されている。阿波三好家と石山本願寺が連絡を取り合っているのではないか、という内容だった。足利義昭にすれば、三好家は将軍に就任する際に争った相手であり、本圀寺に籠る義昭を襲ってきた敵である。しかし顕如には意外な話であったので、室町幕府の幕臣である明智《あけち》光秀《みつひで》に弁明の回答を出している。

ところが、人の口に戸は立てられない。その頃から、織田家が石山本願寺を欲しているのではないか、その為の言い掛かりではなかったのか、と石山本願寺に仕える僧達は疑心を抱き始めている。

石山本願寺とそれに付随する寺内町は富裕である。石山本願寺から延びる街道は四方へ繋がり、隣接する渡辺津《わたなべのつ》や寺内町にある港は、京と瀬戸内海とを結ぶ淀川の要衝である。この当時、日本で布教活動をしているルイス・フロイスは日本で指折りの町だと謳《うた》っている。

そんな町を、織田信長が欲しても不思議ではない。現に堺の町は織田家の支配下に置かれている。実際に信長が顕如にどの程度の打診をしてきたかは、顕如自身にしか分からない。

だが石山本願寺に仕える僧達は警戒している。寺を取り上げられる、というのはこれまでの生活の場と信仰の拠り所を失うのに等しい。

「確かに、非道かも知れんな。しかし儂は織田家とも仲良うやろうと思うてきた」

顕如は織田信長とも懇意になろうと、度々書状を送っている。織田家が美濃国を平定した時にも祝辞を出しているし、今年の正月まで毎年、年賀の祝いも出している。

「父もそうであったが、儂も一揆は起こしとうはない」

そういうと、顕如は思いつめた目で安休を見た。

「山科《やましな》から石山へと移って以来――」

そう呟く顕如に、安休も頷く。

顕如も石山本願寺に仕える者にとっても、一揆蜂起がどれだけ危険であるかを知らない者はいない。本願寺は一揆を起こし、手痛い目にあった過去を持つ。

本願寺中興の祖、八世蓮如《れんによ》は全国を行脚《あんぎゃ》し布教活動を行った。そして、京の都に程近い山科に新たな拠点を設ける、山科本願寺である。更に、隠居所として石山本願寺を築いた。

蓮如の亡くなった後の享禄《きょうろく》五年（一五三二）の話である。

室町幕府の管領細川晴元《かんれいほそかわはるもと》は、自らの有力な家臣であった三好元長《もとなが》（三好長慶《ながよし》の父）を排除しようと画策《かくさく》する。しかし三好元長を排除するには力がなかった晴元は、本願寺に一揆を起こし、元長を追い込むように依頼した。

細川晴元の打診を受けて承諾したのが顕如の父、証如であった。但《ただ》し、若い証如が受けた話ではなく、周りの親族が主導して決めた話であった。

法華宗《ほっけしゅう》に帰依《きえ》し庇護《ひご》している三好元長を討つ、という名目で起こした一揆は大いに勢いを得る。参加者は門徒、周辺の国人も含め十万とも二十万とも言われる数となった。

この一揆勢は三好元長を堺の町に追い込み、自害させた。

まさに細川晴元が望んだ通りの結果となる。ところがここから誰も予期しないことが起こる。

蜂起《ほうき》した一揆勢は更に勢いを増し、他宗派にも矛先《ほこさき》を向ける。証如など指導者の制止を無視し、本願寺の一揆は大和国《やまとのくに》へ攻め入った。大和国へ進出した一揆は、現在の奈良市の辺りで荒れ狂い、他宗派の寺社を破壊している。

これに驚いた細川晴元は、幕府の管領として無視出来なかった。晴元は、頼った本願寺と決別した。

後に引けなくなった本願寺の側も、細川晴元と対決する姿勢を見せる。

細川晴元は京の法華宗や周辺の大名を頼り、本願寺の一揆と争った。これにより本願寺は山科本願寺を焼かれて、拠点を石山本願寺へと移すことになった。享禄《きょうろく》・天文《てんもん》の乱である。

顕如の父、証如は一揆を起こしたにも関わらず統制出来ず、結果的に山科本願寺を焼かれ石山本願寺へ移るという苦い経験をする。

それまでも一揆の統制は行われていたが、証如はより全国の一揆を統制しようと試み、顕如の時代にもその姿勢は変わってはいない。

それでも地方では、本願寺に連なる寺が一揆を起こしている。

「三河国（現在の愛知県東部）で起こった一揆の例もあります」

膝に置いた手を握りしめ俯きながら話す安休に、顕如も頷く。

七年前の永禄六年（一五六三）。

三河国の本願寺に連なる寺々は、松平元康《まつだいらもとやす》（後の徳川家康）と寺領の不入権《ふにゅうけん》（治外法権）をめぐって対立し、一揆を起こしている。結果、一揆は鎮圧され三河国で本願寺に連なる寺々は禁教とされた。

一揆を起こすと統制が取れない可能性がある。また起こした一揆が成功するとも限らない。顕如が近衛前久からの誘いに応じにくい理由の一つである。

それでも意を決し、安休は顔を上げる。

「ですが前関白様のお話では、三好は四国から摂津国へやって来ます。織田も黙ってはいないでしょう。何もしなくても、我々は巻き込まれかねません」

何もしなくとも、すぐそこまで争いはやって来ている。

「その通り、我々は何もしなくても、戦禍《せんか》の方からやって来る」

顕如が三好家を援助しなくても、三好家は四国から摂津国へ侵攻してくる。織田家は三好家を討つために、軍を差し向けてくるだろう。戦場は、石山本願寺のある摂津国となるかも知れない。

更に戦さとなれば、織田家が拠点の構築として石山本願寺に明け渡しを要求してくることも考えられる。戦さの可能性が出てきて、石山本願寺の取り巻く状況は変化しつつある。

否《いな》、既《すで》に戦さは始まっている。

「三好家の先陣は四国を出たそうだ」

顕如に言われて、安休は驚く。

「まことですか」

「我々は、望まなくとも決断しなければならぬようだ」

驚いている安休に、顕如は続けて疑問を投げかける。

「しかし前関白様の話を鵜呑みにして、三好家に付き一揆を起こしたとして、織田に勝てるか」

一揆を起こして、石山本願寺は織田家に勝てるのか。

そう顕如に聞かれても、安休には分からない。政治や戦さに関して安休は門外漢《もんがいかん》である。

「三好家はここ数年、織田家に苦杯《くはい》を舐め続けています。頼りになるかと聞かれれば、私などは不安に思います」

織田信長が足利義昭を擁立して以来二年、三好家は織田家に負け続けている。辛うじて出てきた安休の意見は、悲観的である。

「儂もそう思う」

顕如も安休の見立てに同意する、三好と組んで一揆を起こすには不安がある。

「さりとて織田が三好を討ちに摂津国へ来れば、我々は巻き込まれるかも知れない。そこで」

顕如はそこまで言うと一度、口を真一文字に結んだ。そして呻《うめ》くように言葉を吐いた。

「そこで織田が摂津国へ来れば、この寺を守る為に立ち上がろうと思う」

顕如の条件付きの決断である。四国から侵攻してきた三好家を迎え撃つ為に織田家が摂津国へ来れば、石山本願寺は三好家の側につき一揆を起こすという。

聞いた安休は何かを言いかけ口を開けたが、言葉が出ない。

更に顕如は言葉を絞《しぼ》り出《だ》すように続けた。

「その時、他の大名にも声を掛け、立ち上がってもらおうと思う」

条件付きで一揆を起こすと決め、一揆を起こすなら出来るだけ味方を募《つの》る、と顕如は言う。

「越前（現在の福井県嶺北）の朝倉や、北近江（現在の滋賀県北部）の浅井などは先月、姉川で織田家に敗れて苦しいはずだ。話をすれば乗ってくるかも知れん」

安休は頷《うなず》くしか出来ない。

「南近江（現在の滋賀県南部）の六角《ろっかく》は織田家に敗れて伊賀国《いがのくに》（現在の三重県伊賀市など）に逼塞《ひっそく》している。三好などと一緒に声を掛ければ乗ってこよう」

顕如は三好家に付いて織田家に抵抗する為、朝倉家や浅井家、六角家を巻き込もうと考えた。

ただの僧である安休には別世界の話である、聞き続けるしかない。

「その他、大名だけではない。我らに連なる近江の寺々にも声を掛けて、一揆を起こさせ合力すれば何とかなるかも知れん」

近江国で反織田勢力の大名が立ち上がる。その大名を、本願寺に連なる寺々が一揆を起こして後押しすれば大きな力となろう。

「それには、各地の勢力と下交渉を行わねばならん」

各地の大名と談合し計画を練る為には、まず石山本願寺から話を持ち掛けなければならない。

「下交渉の為には、使者を出さねばならんし、あくまで内々で話を進めねばならん」

そこまで一気に話し続けた顕如は、言い切ったと言わんばかりに大きく息を吐きだす。そして胡坐《あぐら》を組んでいた足を直し、居住まいを正す。

釣られて安休も腰を浮かすと、改めて端座《たんざ》して伏し、話を聞く姿勢をとる。

「安休、お前には小谷におられる浅井下野守《あざいしもつけのかみ》殿の所へ使者として行ってもらいたい」

「あっ」

一声上げた安休は、魂が足から抜ける感覚を覚えた。先ほどまで興奮して赤くなっていた顔が、徐々に青くなりはじめる。急に言われた話で、思うように返答は出来ない。

否《いな》、顕如に仕える以上、拒否は出来ない。

浅井下野守とは北近江の浅井家で隠居している先代当主、浅井久政《ひさまさ》である。

浅井久政は安休の実の父である。ただし会ったことのない父ではあったが。

近江の守護大名、京極《きょうごく》家の家臣に浅井という家があった。この浅井家の当主に浅井亮政《すけまさ》が就くと、京極家の御家騒動もあり、浅井家は北近江に威勢を誇るようになる。

浅井亮政は天文《てんもん》十一年（一五四二）に亡くなる。後を継いだのは息子の久政であった。

亡くなった亮政から家督を継いだ久政は周囲の勧めもあり、地域安定の為、婚姻の話が持ち上った。

久政の許に嫁いできたのが後に阿古御料《あこごりょう》と呼ばれる、浅井長政《ながまさ》の母である。

しかし阿古御料が嫁いでくる直前、久政は城で務める女性に目を止めた。この女性は浅井家一族の娘であったとも、家臣の娘であったとも言われるが分からない。

そしてこの女性は、久政の子を懐妊する。

これに驚いたのが亡くなった亮政の側室で久政の母、尼子馨庵《あまごけいあん》であった。

地域安定の為の政略結婚として、嫁を迎える直前の話である。嫁いできたら既に子がいた、という話は差《さ》し障《さわ》りがある。尼子馨庵は八方手を尽くし、この久政の子を宿《やど》した女性が仏への信仰も深かったこともあって、石山本願寺の住職証如に引き取りの打診をする。

浅井家と石山本願寺とは、日常的に遣り取りを行っていた間柄であった。

天文九年（一五四〇）、浅井亮政の舅《しゅうと》であった浅井直政が亡くなると、証如は香典を出している。

天文十一年（一五四二）、浅井亮政が亡くなると石山本願寺は浅井家に対して下間頼次《よりつぐ》（兵庫）の添え状と共に、香典を送っている。

浅井家は石山本願寺を頼れない間柄ではない。

尼子馨庵からの話を受けた証如は、この女性を引き取ることにした。引き取られた女性が安休の母であり、お腹の中にいた久政の子が安休である。

安休は浅井久政の子である。

更に血縁だけを言えば浅井久政の庶子である安休と、久政の嫡男であり現当主の浅井長政とは異母兄弟となる。(残っている安休に関して書かれた資料において、安休は浅井長政の庶兄《しょけい》である、という説明になっている)

そして石山本願寺の証如の許へ母と共に引き取られた安休は、僧となった。

「儂の名代として、お前が浅井家へ行けば浅井下野守殿(久政)もお前と察して会うだろう。誰かを間に立てず内々《ないない》で話が進められる」

顕如が安休と、浅井家について話すのは初めてである。

「誰かを間に立てず、こちらから直に話を持ち掛ければ外に漏れはすまい」

安休も生まれた頃より二十数年、石山本願寺で暮らしている。その間、浅井家の話が出てこなかったので自らの生い立ちについて半《なか》ば忘れていた。声が出ない。

「そこで浅井家との繋《つな》ぎを付けてきて欲しい」

そう言って顕如は深々と頭を下げた。

幼い頃より共に育ってきた門跡顕如に、頭を下げて頼まれるのも初めてである。

暫《しば》らく言葉を失っていた安休であったが、下げていた頭を更に下げた。

「必ずや浅井家との話を纏《まと》め、繋ぎを付けて帰ってまいります」

こうして顕如に仕えていた安休は、初めて浅井家の居城小谷城《おだにじょう》へと向かうこととなった。

元亀元年（一五七〇）七月中旬、石山本願寺の顕如は近衛前久の求めに対して、積極的に検討を始める。三好家に加担し、織田家に対して一揆を起こす計画は静かに練られ始めた。

第三章　八月　安休の帰還

元亀元年（一五七〇）八月上旬、摂津国（現在の大阪府北部）石山本願寺。

石山本願寺に仕えている安休は書状を持たされ、北近江（現在の滋賀県北部）にある浅井家へ使者として赴くことになった。

その旅の直前。

安休は、門跡顕如から声を掛けられた。

「前関白様（近衛前久）に家族同然の者も各地の使者に出す、と話したら『その者だけでも慰労を言いたい』と仰《おお》せられたので寝殿《しんでん》へ来るように」

そう言われ、御坊のうち来賓者をもてなす寝殿へと伺《うかが》った。

石山本願寺へは貴族も度々出入りしている。本願寺と馴染みのある貴族もいれば、都より落ちてくる貴族もいる。安休も遠目から貴人は見てきたし、何度か前久を見かけている。

寝殿へ伺うと、中には前久と顕如、坊官の下間頼總などが座っていた。

安休は憚《はばか》って、廊下から寝殿の中にかしこまり頭を下げる。

「この度は使者として赴くこと、苦労を掛ける」

上座に座っている近衛前久が安休へ、親しげに声を掛けてきた。

「天下平安の為、織田弾正忠（織田信長）と公方（足利義昭）とを追い払わねばならん」

しかし安休を含め使者に出る僧達の働きが反織田勢力結集の如何《いかん》に関わっている、そう思った前久の声に熱が入る。

「各地の大名に是非、参戦を促してきて欲しい」

期待の余り熱が入り過ぎ最後は半ば、叫び声になっていた。

「苦労を掛けるが頼む」

そう言い切った時、余りの声に顕如も下間頼總も驚いて前久を見た。

安休は廊下で俯《うつむ》き、予《あらかじ》め教えられていた通りに答えようとする。

「か――」

ところが声を出そうとしたら、口の中が乾いていて思うように言葉が出ない。緊張から声がかすれて、変な間が流れた。安休は今まで貴人を見てきたが、声を出して話すのは初めてである。背中にかく汗と、過ぎていく時間が永遠に流れているように感じる。

ただそこから息を整え、更に頭を下げた。

「関白様におかれましては、心安らかに、吉報をお待ちいただきますよう」

前久に負けぬ程の声で答えたが、それが精一杯であった。足早にその場を離れる。

後から顕如に、

「心強い受け答えであった」

と、揶揄《からか》われ赤面するしかなかった。

ところでこの場にいた近衛前久、顕如、安休。

足利義昭、織田信長を除くという一点で出来た直接的、間接的な関係の三人。しかしこの先、子や孫、曾孫の代まで複雑に関係していこうとは、流石に三人は知らない。知っていれば、安休もどう受け答えをしていただろう。

だが今は反織田勢力の結集に動いている。

こうして各地の大名や諸勢力、石山本願寺に連なる寺々に使者として向かう僧侶達が、摂津国を後にした。


石山本願寺を後にした僧侶の一団が、東へと進む。

僧達は網衣《あみえ》に袈裟《けさ》を羽織り、足に脛巾《はばき》を着け草鞋《わらじ》を履《は》き、笠を深く被っている。

布教の為に移動している僧侶の集団、という格好である。この僧侶の集団の中に、安休もいた。

僧侶達は寺々に泊まりながら東へと進んでいく。京を越え、山科の辺りから、一人抜け二人抜けしていく。南近江から琵琶湖の東、湖東を歩き始めた頃には半分以上の僧が消えた。

残った僧達は琵琶湖に沿い、北上する。

良く晴れた日である。歩きながら一人の僧が笠を上げ感嘆する。

「湖《うみ》（琵琶湖）が真っ青ですね」

左手を見れば青一色の琵琶湖。

「まったく、まったく。右手をごらんください」

応えた安休が、右に見える山々を指さす。

「伊吹山《いぶきやま》が頭まで見えます。気持ちの良い日ですね」

右手を見れば濃い緑の伊吹山。

寺の使者として来てさえいなければ、気持ちの良い物見遊山である。

別の僧が安休に声を掛けてくる。

「安休様、私は越前まで参りますが、安休様はどちらまで」

「私は北近江へと参ります」

「これほど多くの僧が書状を持っていくのです。中身はさぞ大事な案内なのでしょうね」

お互い、どこへ向かうのか知らない。また僧の中には、場所を告げられ書状を持たされただけで、中身について知らない者もいた。

僧達は話をしながら、一心に琵琶湖の東を北上する。

今浜《いまはま》（現在の長浜市）を越えた辺りで、安休も一団から抜けた。

「では私は、皆が帰ってくるまで寺で待っています。気を付けてお進みください」

そう言って手を挙げて別れを惜しんだ安休に、先を進む僧達も手を挙げて別れを惜しむ。彼らは越前国や加賀国へと赴《おもむ》くのだ。

安休は用を済ませたら、決められた寺で彼らの帰りを待つ。石山本願寺への復路も安全を考えて、集団で移動する為である。

安休の用。

それは石山本願寺門跡顕如から北近江浅井家の先代当主、浅井久政へ宛てた書状を届けることである。もし面会出来れば、どのように伝えるかも聞いてきている。

浅井久政は安休の実父である。ただし生まれてこの方、会ったことはない。安休が母の体にいる頃か生まれたばかりの頃に、石山本願寺へ母と引き取られた為だ。安休は余り、その生い立ちについて考えないようにしてきた。生い立ちよりも仏への帰依《きえ》の方が強かったし、なにより寺の生活に追われて考える暇《いとま》がなかった。

今も考えずに、黙々と歩く。

僧侶の一団と旅をしている時は琵琶湖の東を北上していたので、左手に青一色の琵琶湖、右手に濃い緑の伊吹山を望みながら進む。それが一団と別れ、今浜を越えた辺りで東に折れ、伊吹山地を正面に見る。

目指すのは浅井家の小谷城ではあるが、正確には城を目的地として進んではいない。

小谷城は小谷山の山上にある。麓《ふもと》には家来達の住む屋敷や町があるが、安休が目指しているのは町にある寺であった。そこで預かってきた文を寺の僧に託して、城に届けて貰う。文は浅井久政宛てであり、文の中身は顕如の名代《みょうだい》として来た安休の面会要求が書かれている。その文を懐《ふところ》に抱《いだ》き、ただひたすらに前を進む。

朝夕は過ごし易くなってきたが、日中は暑さが厳しい。照り付ける陽《ひ》の中《なか》を、息を上げながら進む。

時折《ときおり》、畑で農作業をする民や織田家の侍を遠くに見かける。陽を遮《さえぎ》るように、顔を見られぬように、笠を深くかぶって歩く。

どこまでも透明な空が広がっている。そこにすじ雲が流れる。そのすじ雲が流れる先に山城が見えてきた、小谷城である。

安休は城を目にすると、足を速めた。琵琶湖を背に坂を越え、林を抜ける。

ようやく城の麓にある小谷の町へ辿り着いた。被っている笠を上げ、町を見渡す。

——なんということだ。

小谷の町は、半分以上が焼かれていた。焼けて朽《く》ちた家が一面に広がる。その中に、建てたばかりの家も見えた。

呆然と見渡していた安休であったが、焼けた町の中へと入っていく。

焦《こ》げた臭いが微《かす》かに鼻を刺激した。

——まだ焼けた臭いが残っている。

町の民や侍が、木材を組み上げて復興しようとしている。安休は忙しく働いている一人に声を掛け、目当ての寺の場所を聞いた。町を抜ける。

教えられた通りに歩いていくと、確かに半分焼けた寺があった。

寺の中でも僧侶達が、木材を組み上げ修繕を行っている。

僧の一人を捕まえて、石山本願寺門跡顕如の名代として来たことを告げた。

かなり疲れ表情に乏しい若い僧であったが、眉を上げ少し驚くと、そのまま何も言わずに本堂へと入っていく。その後、住職と思《おぼ》しき壮年の僧を連れて出てきた。

「石山本願寺門跡光佐《こうさ》（顕如）の使者として参りました、安休房西周と申します」

そう深々とお辞儀をした後に、声を潜めて尋ねる。

「小谷の町が焼けたのは、どうした訳ですか」

火事などで焼けたような燃え方ではない。町を丸ごと焼かれたような惨状である。

住職は修繕をしている僧達を目で追いながら、力なく答える。

「姉川での戦さの前に、織田家に焼かれてな」

織田家と浅井家朝倉家とが姉川で戦う直前である。小谷城に籠る浅井家を挑発する為に、織田家は小谷の町を焼いた。まだ二ヶ月も経っていない話だ。

「小谷は町を焼かれ、浅井家は多くの家臣を失った」

浅井家の家臣も領民も、町を焼かれた上で姉川の戦いにも敗れた。力なく答える住職の声に、平穏な日常を奪われた嘆《なげ》きを感じる。

——そこまで追い込まれているのか。

姉川の戦いについては安休も聞いてはいたが、目の当《ま》たり《あ》にするまで深刻に受けとめていなかった。だが今日の焼けた小谷は、明日の石山本願寺の姿かも知れない。

衝撃を受けた安休は、他人事のようには思えず暫らく小谷の様子を聞く。

ところが話をしている内に自らの要件を思い出し、顕如から託された書状を懐から取り出した。その書状を住職に託し、浅井久政へ届けてくれるように頼んだ。住職は書状を一瞥《いちべつ》したが、特に詮索してこなかった。若い僧を呼ぶと、書状を持たせて城へと走らせてくれた。

一刻（約二時間）は待っただろうか。

安休は旅の疲れを木陰で癒《いや》しながら待っていると、住職がやって来た。

「下野守《しもつけのかみ》様（浅井久政）がお会いになる、と来られた」

呼びかけられた安休が驚き、立ち上がる。

浅井久政が会うというなら、こちらから小谷城に伺《うかが》うとばかりに思っていた。それ以上に実父と初めての対面である。

——会いに来たのか。

心が定まらない。住職の後ろ姿をしばし呆然と見ていたが、我に返り僧衣《そうい》についた旅塵《りょじん》を手で払う。

住職に従って本堂の入り口まで来る。

「中でお待ちだ」

それだけ言って、住職は中に入らず去っていく。

本堂に入る前に、手の甲で額の汗を拭う。

薄暗い本堂へ足を踏み入れる、冷たい板の感触が足に伝わる。

本堂の中には、褐色《かっしょく》の素襖《すおう》を着た侍が胡坐《あぐら》を組んで座っていた。

安休が入ってくるのに気が付くと、侍は太ももに手を添えて立ち上がる。

「浅井下野守久政、と申す」

浅井久政は言いながら、半ば白くなった頭を下げる。

「石山本願寺門跡光佐（顕如）の名代として参りました。安休房西周と申します」

頭を下げ挨拶をした安休が、顔を上げ久政を見た。

――これが我が父か。

細い。血色も決して良くない。織田家と争い、疲れが溜まっているのであろう。それでも初めて見る父の顔を見て、感慨にふける。

安休は石山本願寺を出てからここまで、実父と対面した場合に付いて考えないようにしてきた。しかしいざ会うと、平静ではいられない。理由もなく、額や首筋から汗が出る。その汗を、懐から取り出した手拭いで拭う。

久政も別れた子かも知れない安休を見つめている。しきりと手拭いで汗を拭う安休を見つめていたが、おもむろに語り掛けてきた。

「書状を拝見した。儂の名で宛てられたもの故《ゆえ》、一人で会った方が良いと思い参った」

言いながら久政は再び座ったので、安休は頭を下げ移動すると、対面する形をとり座る。

座った久政であったが、目を細くし半ば疑わしそうに安休を見ている。急に現れた顕如からの使者を胡乱《うろん》な者として見ざるを得ない。

「失礼ながら御坊は、いつから、本願寺に仕えておられる」

久政はゆっくりと、確認するかのように尋ねてきた。

「母と共に、物心つく前には石山本願寺におりましたので」

顕如が久政に出した書状の中身を、安休は見ていない。安休をどのように説明しているのか、安休自身は知らなかった。故に、安休も間違いがないよう丁寧に答える。

「およそ三十年に満たぬ間、お世話になっております」

安休の話を聞きながら、久政は二、三度頷いて唸《うな》る。

「そうかぁ」

自らの半生を思い返し、安休の話している内容の真偽を考えているのであろう。腕を組み、安休から目線を逸《そ》らすと、しばらく空を見つめる。そして再び安休を見て、何かを聞こうと口を開けた。だが止めた。

安休を疑わしい僧と見ているが、書状は確かに顕如からのものであったし、三十年余り前に我が子を宿《やど》した女と別れ、女は石山本願寺へと引き取られた。もし使者が別れた子であれば、これ以上、身元のはっきりとした使者はいない。書状の中身について詰めた話が出来る。

「相分かった」

吹っ切る様に呟いた久政はそれ以上、安休や安休の母について詮索《せんさく》はしなかった。

「早速だが、書状の中身についてお聞きしたい」

久政にとって今大事なのは、顕如が寄こしてきた書状の中身についてである。そちらの内容の方が気になる。

安休は居住まいを正す。一端息を吸い、ゆっくりと吐き出してから頷いて同意した。

「門跡殿（顕如）からの書状には、四国から三好が畿内（近畿）に攻め入るかのように書いてあった。

そのこと、御坊は御存知か」

「間違いございません。三好は先月の七月下旬、四国を出ております」

三好による畿内への侵攻は既に始まっている。既成の話なので、安休も答えられる。

安休の返答に久政は少し考え、続けた。

「では、その三好に対して織田が攻めれば、石山本願寺は三好に合力《ごうりき》（援助）するかのように読み取れた。如何《いか》に」

安休は何も答えず、頷いて応えた。こちらの質問は石山本願寺の方針として固まりつつあるが、まだ確定はしてはいない。口に出しては迂闊《うかつ》に返答出来ない。

だが久政は安休の頷きを同意と受け取り、呟《つぶや》く。

「そうかぁ」

そう言ったきり、目を細めて黙り込む。久政は暫らく黙ったままであったが、細い目を開いて安休に再度尋ねた。

「門跡殿は一揆を起こすなら、他の大名も立ち上がるかのように書いておった。誠か」

聞かれた安休は、顔を伏せて暫らく考える。

この質問は現在、顕如や近衛前久によって進められている話である。他の大名にも声を掛けてはいるが、まだ返答は分からない。答えて良いかどうか、判断に迷う。

しかし意を決し、顔を上げ答えた。

「間違いございません。朝倉家や六角家にも声を掛けてございます」

安休は勢いよく答え、久政はその勢いに押されるように仰け反る。

「ま、誠か」

言った安休は分からない話だが、聞いた久政には驚くべき内容である。この策に出てくる面々。

策を練っている石山本願寺顕如や近衛前久。

その顕如や前久が声を掛けた越前の朝倉家、北近江の浅井家、南近江の六角家。

これに加え四国から侵攻している三好家。

これらは必ずしも良好な関係では無い。

例えば浅井家と六角家。

浅井家はかつて、六角家に臣従していた。

ところが二年前の永禄十一年（一五六八）、織田家や徳川家と共に足利義昭を擁立し上洛する。その上洛の途上、南近江の六角家は抵抗したので駆逐した。

浅井家と六角家は主従《しゅじゅう》であった過去もあり、仇《かたき》であった過去もある。近江国の南北、浅井家と六角家ですら一概に良好な関係でも無い。

しかしこれらの大名がそれまでの遺恨《いこん》を棚に上げ、織田家を除くという一点で団結する。久政には驚天動地《きょうてんどうち》の話である。

「そ、そうかぁ」

久政は腕を組み直す。胸の内を悟《さと》られまいとしているのか、再び目を細めて思案に入る。

久政も思案のし所である。姉川の敗北で、浅井家は有力な家臣を多く失った。ここで巻き返しを図らねば、織田家と争う前に内部から崩壊しないとも限らない。

かといって顕如の申し出に乗って立ち上がったはいいが、どこの大名も動かなければ浅井家だけが痛い目に遭うかも知れない。それだけの傷を受ける余裕は浅井家には無い。博打《ばくち》は打てない。その為に久政は話を聞き、熟考を重ねる。

その一方。

安休も久政を口説き落とし、浅井家を味方に引き込まなければ、小谷まで来た意味がない。そして安休は顕如から、浅井家を動かす殺し文句を授かってきている。

安休は細めている久政の目を探りながら、慎重に言葉を選んで話し始める。

「それに――。それに声を掛けているのは大名だけではございません」

久政は軽く頷いて話を促す。

「比叡山延暦寺もこの話には賛同しています」

そう言われた久政は、これまでで一番驚いた顔をした。声も出ない。

琵琶湖の湖西《こせい》、それも京に近い比叡山に延暦寺はある。およそ八百年の歴史を有する寺院群である。その権威は重いし、平安時代より僧兵を抱えていることでも知られる。

「比叡山延暦寺は織田家に恨みがあります」

「恨みとは」

久政は前のめりで聞き始める。

「一昨年、織田弾正忠（織田信長）が公方様（足利義昭）を擁し上洛した時の話です。六角家を駆逐し南近江の地を押さえました」

久政は頷く。なにせ聞いている久政の浅井家は上洛時、久政の長男で当主の浅井長政が織田家と行動を共にしている。

「その折、南近江にあった延暦寺の寺領も一緒に占有しています」

久政が再び頷く。うっすらとその話は知っている。

織田家は駆逐した六角家の所領を奪ったが、そこにあった延暦寺の寺領も一緒に横領した。このことで織田家と延暦寺が揉めている、と聞いている。

「延暦寺は、これを朝廷に訴え出ました。朝廷は延暦寺の寺領を返すよう織田家に伝えましたが、織田家は朝廷の声を無視し今も専有したままです」

そこまで言うと安休は、久政の反応を見ている。

「そうかぁ。あの際《きわ》の話か」

或いは出来上がりつつある反織田勢力に延暦寺を引き込んだのも前関白近衛前久であるかも知れない。そこは安休も分からないし、久政にそこまで伝える話でもない。

久政は自らの右手を広げて見つめる。

「三好に、朝倉に、六角に、本願寺に、延暦寺か」

そう右手の指を折りながら、久政は確認していく。指を折る度に、久政の白い顔に血の気が戻ってくるように見えた。

指折り数え拳《こぶし》になった右手を、久政は見つめている。

「そこに浅井家かぁ」

拳に浅井家も加われば、織田家を除き劣勢を覆せるかも知れない。

――ただ。

ただ、である。この話が成立したとして、勝算はあるのか。本当に織田家を除けるのか。その思いが久政を逡巡《しゅんじゅん》させ、余計な一言を言わせた。

「御坊は、門跡殿に勝算を聞いているか」

――勝算が無ければ、加わらぬと言うか。

聞いた安休の頭に、血が上る。が、堪《た》えた。

「特には」

石山本願寺は危険を冒して、織田家を除くため東奔西走している。そして石山本願寺以上に織田家から圧力を受けているのは、浅井家の方だ。

安休は顔色を見られないよう頭を下げると、言い放った。

「ですが何もしなければ、織田家の威勢は抗《あらが》い難《がた》いものになりましょう」

織田信長は将軍を擁している。朝廷も押さえている。織田家の影響力は畿内全域と言っても過言ではない。その中で浅井家は、何もしなければ自然と立ち枯れる。

「そうだな、御坊の言うとおりだ」

さすがに久政も自らの立場を思い出す。もはや、好むと好まざるとに関わらずこの話に乗らなければ、浅井家の行《ゆ》く末《すえ》は無い。

「分かった。門跡殿の意に添うよう、浅井家も前向きに検討する」

久政の返答に、安休は更に頭を下げた。

「これまでと同様、本願寺に連なる寺を介して、連絡を取るようにする」

「有難うございます」

そこで安休は安堵の声を上げた。目的は達せられそうである。

「ただし息子」

そう言った久政が一度、言葉を切った。

息子、と聞いて安休の肩がびくつく。

「今の浅井家の当主は浅井備前守《あさいびぜんのかみ》(浅井長政)だ。この話は備前守には打ち明ける。その上で来たる蜂起の日まで準備をする。それで良いな」

浅井久政には長男の浅井長政がいる。織田信長の妹お市の方が嫁いだ相手でもある。安休から見ると弟に当たる。今の浅井家の当主は久政ではない。その息子、長政であった。浅井家がどう動こうと、浅井長政が音頭を取らねばならない。

「下野守様(浅井久政)にすがるしか御座いません。何分にもよろしくお願いいたします」

そう言って、再度深々と頭を下げた。

これで浅井家は、出来上がりつつある反織田勢力にまず間違いなく加担する。織田家を除く図式がより現実のものになる。

小谷まで来た安休の用は、これで終わった。

双方は何も語らない。長い沈黙が続く。

その沈黙に耐えられなくなった安休が久政に暇乞《いとまご》いをし、本堂を出ようとした。

「御坊」

出ようとした安休を、久政が呼び止める。

安休は振り返り久政を見たが、何も話さない。何かに耐えるような顔をしている。そこから絞《しぼ》り出《だ》すような声を出した。

「これからの道中も長かろう。辛いこともあるかも知れぬ。しかし体だけは大切に」

言いながら、久政は深々と頭を下げた。

言われた安休は何と返してよいか迷う。迷う中で、言葉が出た。

「ひたすらに長く、お元気で」

言ってから、慌てて付け足した。

「浅井家の御武運を、お祈りしております」

そう安休は返し、本堂を出た。本堂を出ると寺の門へと、逃げるように向かう。

その安休を寺の住職が追ってきた。

「もうすぐ陽が落ちる。今晩はここで泊まってはどうか」

だが安休は一刻も早く、小谷を出たかった。居心地が悪い。

住職の好意には深々と礼をして断り、足早に寺を出て小谷を後にした。

安休は思う。

二十数年目にして親子は初めて相見《あいまみ》えた。ところがお互いに異なる世界に身を置いている。立場も異なる。故に親子の縁は切れている、自分が浅井家に関わるのはこれが最初で最後だ、とさえ思った。

——しかし。

縁は切れていたが、それでもなお親子の心は残っていた、自分にも父親にも。最後の最後に親子らしい心が通じた気がした。最後の久政の声を何度も想い返す。温かい言葉であったように思う。

安休は暗くなり始めた道を、ひたすら歩き続けた。

八月二十六日、摂津国石山本願寺。

安休が近江国小谷から帰ってきて、半月が過ぎようとしていた。

そして寺に戻り務めを行っていた安休は、普段とは違った大坂の景色を目にする。石山本願寺の御坊や寺内町には、古くから防衛の為の櫓《やぐら》が建てられている。その櫓の一つに上り安休の目に映るのは、おびただしい織田家の兵と旗指物《はたさしもの》であった。

安休が浅井家に使者として赴《おもむ》いたのが八月上旬。それより約半月前の七月二十日。

三好家は四国より出立し兵庫の浜（現在の神戸市）に上陸する、その数およそ八千。率いているのは三好日向守《ひゅうがのかみ》長逸《ながやす》や岩成友通《いわなりともみち》など。また三好家一門の安宅信康《あたけのぶやす》も淡路島から千五百の兵を率いている。

近衛前久が顕如に述べたように、三好家は畿内の勢力回復の為に侵攻を開始した。

上陸した三好家は兵庫の浜から東に進むと、摂津国へと入る。城跡であった野田《のだ》城《じょう》福島城《ふくしまじょう》（現在の大阪市福島区）に一部の兵を割《さ》くと改修《かいしゅう》を始めた。その他の兵は更に東へと移動し、隣国の河内国（現在の大阪府東部）に侵攻した。

現在の地名に置き換えると、四国にいた三好家は船で瀬戸内海を越え、兵庫県神戸市に上陸。その後は東へと進み、兵庫県から大阪府へと入る。そして大阪市にあった城跡の野田城福島城の修理の為に兵の一部を残し、更に東へと進軍。大坂府の東の端、東大阪市にまで到達している。

八月十五日。

侵攻してきた三好家に対して、織田家や将軍足利義昭に属する河内国の半国守護大名《はんこくしゅごだいみょう》畠山《はたけやま》家などが兵を出し合い三百騎で食い止めようとする。しかし三百騎のうち二百十八騎が討死、三十騎が生け捕り、残りが逃げ散った。壊滅的な被害である。

河内国の兵だけでは三好家の侵攻は食い止められなかった。ところが同じ織田家に属する大和国（現在の奈良県）の守護大名松永久秀《まつながひさひで》が河内国高安《たかやす》に陣を敷くと、三好家も侵攻を控え摂津国の野田城福島城へと引き上げていった。

八月二十日。

岐阜城にいた織田信長は、三好家の侵攻に対処すべく摂津国へと出陣する。

織田信長は足利義昭を擁立しているので、摂津河内大和の大名、国人衆を影響下に入れている。更に和泉国《いずみのくに》（現在の大阪府南部）にある堺には、昨年以来代官を置いて支配している。三好家の畿内侵攻を、織田家も見過ごすことは出来ない。

岐阜城を出立した織田信長は道々、各地に配置してある兵を引き抜き八月二十三日京に入る。この時、洛外《らくがい》に駐屯《ちゆうとん》させた織田家の数は二万にまで膨れ上がっていた。

八月二十五日、織田信長と麾下《きか》二万の兵は三好家討伐の為に京を出発。更に将軍である足利義昭も信長に促され、出陣している。

そして八月二十六日。

織田家は摂津国に入る。三好家が籠る野田城福島城には直接向かわず、途中から南進。櫓の上にいる安休の目の前を通過していた。

「安休、どんな様子だ」

そう言って安休のいる櫓に、顕如が登ってきた。

「門跡、ものすごい数です」

安休と顕如は並んで織田家の動向を見る。

「二万はいそうだな」

「織田家は四天王寺《してんのうじ》の町を中心に、野田城福島城を囲むようですね」

摂津国大坂。この大坂の東側に石山本願寺がある。

西側には三好家が籠る野田城福島城。

そして南側には四天王寺を中心に寺内町が形成されていた。その四天王寺の隣に天王寺城《てんのうじじょう》と呼ばれる陣屋がある。織田信長はこの天王寺城に本陣を置いた。そこから野田城福島城を圧迫するように南側から陣地を築き、展開している。

顕如が北側に目を向ける。

「天満《てんま》ヶ森《がもり》には松永山城守《まつながやましろのかみ》（松永久秀）などの摂津、河内、大和国の諸将が陣を張っておるな。ざっと一万はいそうだ」

北側には大坂天満宮《おおさかてんまんぐう》がある。その側に天満ヶ森と呼ばれた場所があった。この天満ヶ森には、織田家に属する摂津国、河内国、大和国の大名、国人衆が三好家討伐の為に集まり陣を張った。

織田家を中核とした三好家討伐軍は、野田城福島城の南北に陣を張り大軍を展開している。

「噂で聞いたのですが。公方様（将軍足利義昭）は、紀伊《きい》の根来衆《ねごろしゅう》や雑賀衆《さいがしゅう》の参戦も促《うなが》されたとか」

安休が目だけは織田家の兵を追いながら、小声で顕如に尋ねる。

「事実だ。紀伊の雑賀衆の内、一部は三好家に付いて野田城福島城に籠城したが、大部分は織田家に付いて進軍中だそうだ」

紀伊国（現在の和歌山県）の北部に根来衆、雑賀衆という集団がいる。この集団は戦国時代を通し、鉄砲を用い傭兵として活躍した。足利義昭は河内国半国守護畠山家を通し根来衆、雑賀衆に参戦を依頼。一部の雑賀衆は三好家に付いたが、大部分は将軍からの要請に意気を感じ織田家に付いた。

これら織田や畿内の大名、国人衆が続々と集まってきている。

「まぁ、しかし」

顕如は再度、織田家が陣を敷く南の天王寺、次いで織田についた諸将の陣のある北の天満ヶ森を眺める。

「よく、これだけ集めたものだ」

少し様子を見に登ってきただけなのだろう、呟いてから櫓から下りようとした。

降りる為に梯子に手を掛けた顕如へ、安休が呼び掛ける。

「門跡」

「ん」

「門跡、本当に起《た》たれるのですか」

顕如が言っていた通り、織田家は三好家を討つために大坂へ侵攻してきた。一揆を起こす為の条件は整えられた。

まだこの時点では将軍足利義昭を擁する織田家と、それに対抗する三好家との戦いである。石山本願寺とは関わりのない話で、中止することも出来る。

顕如は安休を一度見たが、何も答えずに櫓を下りていった。

ここまで謀《はかりごと》を企《くわだ》て、顕如も後戻りは出来ない。織田家が多いから辞める、という訳にもいかないであろう。石山本願寺門跡顕如は、織田家に対し一揆を催《もよお》す決断をする。

九月六日、石山本願寺に連なる寺々に対して次のような檄文が飛んだ。


信長上洛《のぶながじようらく》に就《つい》て、此《こ》の方迷惑《かためいわく》せしめ候《そうろう》。去々年《いつさくねん》以来、難題《なんだい》を懸《か》け申《もう》し付《つ》けて、随分《ずいぶん》なる扱《あつか》ひ、彼《か》の方《かた》に応《おう》じ候《そうろう》と雖《いえど》もその栓《せん》なく、破却《はきやく》すべきの由《よし》、慥《つい》に告《つ》げ来《きた》り候《そうろう》。此《こ》の上《うえ》は力及《ちからおよ》ばず。然《しか》ればこの時開山《ときかいざん》の一流《いちる》退転《たいてん》なきの様《よう》、各身《おのおのしん》命《めい》を顧《かえり》みず、忠節《ちゆうせつ》を抽《ぬきん》らるべきこと有《あ》り難《がた》く候《そうろう》。併《もつぱ》ら馳走《ちそう》頼《たの》み入《い》り候《そうろう》。若《ただ》し無沙汰《むさた》の輩《やから》は、長《なが》く門徒《もんと》たるべからず候《そうろう》なり。あなかしこ顕如が出した檄文は次のような内容であった。

信長が上洛をして以来、こちら（石山本願寺）は迷惑をこうむっている。信長は一昨年以来、難題を言ってきて、こちらもひどい扱いを受けているとはいえ、信長の要求に応じてきたが、どうしようもなく、石山本願寺を破却《はきゃく》するよう確かに言ってきた。こうなっては、対処のしようもない。石山本願寺がおちぶれて他に移ることが無いように、皆命を顧《かえり》みず、尽くしてほしい。併《あわ》せて援助も願いたい。ただし、これに応じない者は長く破門とする。

この檄文が日本の各地へと送られる。これに呼応して、本願寺に連なる寺々が一揆を起こすだろう。

さらに九月十日。

顕如は北近江の寺を介して、浅井家にも書状を送っている。宛先は浅井久政、長政。

そこには浅井家の協力への謝辞と、坊官の下間頼總より細かい説明をさせることが書かれている。

畿内の東側、近江国において浅井家、朝倉家を中心とした反織田勢力は動き出すはずである。

元亀元年（一五七〇）九月初旬、石山本願寺は三好家、六角家、浅井家、朝倉家などと連絡を取りあい、織田家に反抗する準備を整えた。野田城福島城の戦い、或いは俗に言われる第一次信長包囲網が始まろうとしている。

第四章　九月　石山本願寺の蜂起

元亀元年（一五七〇）八月二十六日。

織田信長に率いられた軍勢は、天王寺（現在の大阪市天王寺区）に着陣する。

三好家が籠《こも》った野田城福島城の南側、天王寺に本陣を置くと、その周辺に陣地を築いていった。渡辺《わたなべ》、津村《つむら》、上難波《かみなんば》、下難波《しもなんば》、木津《きづ》、今宮《いまみや》などである。この築いた陣地に、三好家は物見《ものみ》（偵察）を出す。双方、散発的な衝突を行ったが、三好家はすぐに引き上げた。

野田城福島城の北側、天満ケ森《てんまがもり》（現在の大阪市北区）には織田家に属する畿内の大名、国人衆が陣を張った。この諸将は大和国（現在の奈良県）の大名である松永久秀や、河内国（現在の大阪府東部）の半国守護である三好義継《よしつぐ》、畠山秋高《あきたか》。その他に和田惟正《わだこれまさ》、茨木重親《いばらきしげちか》、伊丹《いたみ》氏、有馬《ありま》氏などである。

南北に野田城福島城を囲んだ討伐軍は、総勢三万とも四万とも言われた。更に畠山秋高を通して、将軍足利義昭は紀伊国（現在の和歌山県）の根来衆や雑賀衆の参戦も促している。将軍から直々に声を掛けられ奮い立った根来衆などは、二万の兵を作り上げ進軍中である。

これに対して野田城福島城に立て籠る三好家は一万人前後とされた。

圧倒的な兵力差である。

この兵力差にものを言わせて織田信長が行ったのは、三好家内部の切り崩しであった。松永久秀などを通じて内通者を物色し、信長は三好家の中に見えざる手を伸ばす。

信長の手が伸びた先は、野田城福島城に立て籠る三好為三《いさん》であった。

八月二十八日。

三好為三は内応に応じ、香西越後守《こうざいえちごのかみ》と三百の兵を連れ織田家に降《くだ》っている。

そして内応者の脱出を時機《じき》と見て、北側の情勢が動く。

天満ヶ森に布陣している討伐軍諸将は、野田城福島城の北西にある三好家の砦、海老江砦《えびえとりで》を攻撃する。四国から侵攻してきた三好家に脅《おびや》かされているのは、尾張や美濃に領地を持つ織田家ではない。畿内に領地を持つ諸将こそ、脅威に晒《さら》されている。それだけに討伐軍を主宰している信長の手前、諸将は積極的に働いてみせないといけなかった。織田家に属した畿内の諸将は、火の出るような勢いで海老江砦を攻め落とす。

海老江砦が堕ちたので、この地域の三好家の城は野田城福島城だけとなった。

九月八日。

海老江砦を落とした諸将は、天満ヶ森から落とした海老江砦周辺へと陣を移す。空いた天満ヶ森には、南側の天王寺にいた信長が陣替えを行い、本陣を移した。

織田家を中核とした討伐軍は着々と包囲網を狭《せば》め、野田城福島城への攻城準備を始める。

さて三好家が籠った野田城福島城。

現在の大阪市内にあったこの城は、一つの島の上に出来た二カ所一城《にかしょいちじょう》の城であったという。当時の大阪湾の海岸線は、現在よりも内陸にあった。その大阪湾に向かって中小の川が、錯綜《さくそう》し流れている。これらの川から流されてきた土が堆積《たいせき》して、大小の島々を形成する。その島の一つに築いたのが、野田城福島城であった。

歴史上、この城の名が出てくるのは初めてではない。元亀元年（一五七〇）から遡《さかのぼ》ること四十年前、享禄《きょうろく》四年（一五三一）の中嶋《なかじま》の戦《たたか》いでも出てくる。城を築き、兵を入れて摂津国周辺へ睨《にら》みを効《き》かす軍事上の要衝《ようしょう》であった。

四国から渡ってきた三好家はこの城跡《しろあと》に、壁《かべ》を付《つ》け、櫓《やぐら》を上《あ》げ、逆茂木《さかもぎ》を刺《さ》して備《そな》えとした。更に周辺の川を水堀《みずぼり》がわりとし、或いは川の上流と下流とを堰《せ》き止《と》めて空堀《からぼり》とし、守りを固める。

野田城福島城は自然の水堀と空堀を備えた、堅牢《けんろう》な城となった。

その為に攻め手である討伐軍は幾つもの攻城用《こうじょうよう》の櫓《やぐら》を築く、付《つ》け城造《じろづく》りを行う。だが、それだけでは城は攻められない。それと並行して邪魔な川や入り江に埋《う》め草《くさ》を埋め進軍に必要な道を作り、着々と攻城の準備を進める。

そして攻城の直前、織田家は天満ヶ森から海老江に本陣を移し攻城の準備を完了させた。

九月十一日早朝。

寺の朝は早い。安休も含め、石山本願寺の僧侶達が朝の務《つと》めを行う。その務めの最中、天地が割《さ》けんばかりの轟音《ごうおん》が響《ひび》いた。

「なんじゃ、なんじゃ」

そう言って年の若い僧侶から走り出し、寺内の櫓《やぐら》に登りに行く。安休も遅れて走ると、警護を行っていた番衆《ばんしゅう》達が安休を追い抜いていく。

「織田が城に攻め入ったそうじゃ」

「あの轟音は、鉄砲か」

「おお、双方が撃ち合《お》うてるそうじゃ」

そう言いながら走っていく番衆達の背中を、安休は立ち止まり見送った。

――始まったか。

前日までに攻城の準備を終えた織田家は、九月十一日早朝から野田城福島城に攻め入った。弓や鉄砲の応酬に始まり、織田家の兵が蟻のように群がって城に取り付こうとする。城の三好家からは、鉄砲で迎え撃って近づけまいと遮《さえぎ》る。攻める織田家も守る三好家も鉄砲の弾と共に吐き出す硝煙《しょうえん》の煙で、周囲の景色を包むほどの激戦となった。攻城が開始された十一日は、鉄砲の撃ち合いで終始し日が暮れた。

翌九月十二日。

この日は紀伊国から進軍してきた根来衆、雑賀衆が到着し朝から織田方として参戦する。二万とも言われた紀伊国の兵は三千の鉄砲を持ってきており、城の南側に展開すると猛然《もうぜん》と撃ち掛けた。城に籠る三好方はこの攻撃に閉口する。

十一日、十二日と二日間撃ち続けられた城は夕方になると落城寸前の様相となった。

織田家を中心とした討伐軍は優位に戦いを進め、進めるうちに勝利は確実なものに見えた。そう、だれもが織田家の勝利を確信した九月十二日深夜、戦いの潮目《しおめ》が変わる。

元亀元年（一五七〇）九月十二日夜半、摂津国石山本願寺。

周囲を寺内町に囲まれた石山本願寺。その中心にある御坊は、顕如を筆頭に僧侶達が生活する場と、説法などを行う御影堂《ごえいどう》、阿弥陀堂《あみだどう》など仏に仕える場所とに分かれている。

この住居に属する場所に、来賓客《らいひんきゃく》をもてなす寝殿《しんでん》がある。

その寝殿に、前日から一人の公卿を拘束していた。公卿の名は烏丸権大納言光康《からすまごんだいなごんみつやす》。十三代将軍足利義輝や現在の将軍足利義昭の父、室町幕府十二代将軍足利義晴《あしかがよしはる》の時代から幕府に近い立場として活動してきた公卿である。

光康は八月二十六日、幕府を支持する他の公家達と共に討伐軍に参加し、京を出た。後から合流してきた将軍足利義昭と中嶋城に逗留《とうりゅう》、その後義昭などと海老江の近くに移動し陣を張った。

ところで陣替えを行った足利義昭。

義昭は一つの噂を耳にする。石山本願寺が一揆を起こす、という内容である。顕如が九月七日に寺々へ檄文を流すと、一揆蜂起の噂は瞬《また》く間に広まった。

この噂を聞いた足利義昭は烏丸光康に、一揆蜂起を断念させる説得を依頼した。依頼を受けた光康は、顕如の許を訪れる。ところが寝殿に入った所で軟禁された。顕如の側に説得を受ける時間が、既になかった。

そして十二日の夜。

軟禁されている光康の所へ顕如が訪れる。

「烏丸権大納言様（烏丸光康）、昨日からの非礼、平に平に御容赦願います。更にもうしばし、当寺にてご逗留《とうりゅう》頂きますよう併せて願い奉《たてまつ》ります」

廊下から畏《かしこ》まり、部屋の中の烏丸光康に頭を下げる顕如。

だが烏丸光康は絶句したまま、何も言えなかった。

顕如はこの時、鎧を身に付け、その上から僧衣を纏《まと》っていた。物々しい格好である。

烏丸光康は、一揆の疑念から確信へと変わった。

呆然《ぼうぜん》としている烏丸光康に頭を下げると、顕如は足早に寝殿を出て御影堂へと向かった。

「半鐘《はんしょう》を鳴らせ」

御影堂に着いた顕如は、寺にある半鐘を鳴らすように命じる。

石山本願寺の半鐘は薄曇りの夜空に高い音を響かせ、変事発生を寺の周囲に伝える。その半鐘が鳴り響く中、今度は御影堂の前に番衆などを集めさせた。

寺院や寺内町の雑務を行う番衆。

予《あらかじ》め声を掛けられていた近隣の門徒《もんと》。

これらが御影堂の前に集まる。番衆も常駐《じょうちゅう》の数では千名もいない。集まった数は、多くはなかった。

御影堂の前に緊張した面持《おもも》ちで集まった者達は、既に着慣れない鎧を着《つ》け、手には薙刀《なぎなた》、鉄砲などを手にしている。この集団に、やはり鎧を着け、鎧の上から僧衣《そうい》を纏《まと》い、手に得物《えもの》を持った僧も加わる。僧の中には石山本願寺に仕える安休の姿もあった。

集団の前に立ち、指揮を執るのは石山本願寺で実務を取り仕切る坊官《ぼうかん》、下間《しもづま》氏の面々。坊官達は集まった衆に一揆を起こす理由を述べていた。

半鐘は依然として鳴り続いている。近隣の寺もまた、石山本願寺の半鐘に呼応するように半鐘を鳴らし始める。変事を知らせる半鐘の音は、遠くまで響き渡った。

「では皆の衆、参ろう」

下間氏の面々が一揆勢を促《うなが》す。その声と共に、法螺貝《ほらがい》も吹かれた。

半鐘の音と貝の音に後押しされ、石山本願寺に集まった一揆勢が動き出す。

南外門から出ると、寺内町を抜け二手に分かれた。

ある者は、何かに耐えるような顔で進む。

ある者は、一心に念仏を唱えながら駆ける。

ある者は、泣くような顔をしながらひたすら走った。

皆、一揆を起こすという不安と戦いながら駆けている。

安休も顔を強張《こわば》らせ、走っている。

安休の後ろには、やはり険しい顔の顕如も走っていた。

安休が走りながら振り向いて、顕如に声を掛けた。

「門跡」

安休は、顕如の身を守る様に前を走る。

「わ、私の後ろに張り付いて、走ってください」

生まれて初めて戦いに出る。顕如に話し掛けた安休の歯《は》の音《ね》が合わない。

「うん」

話し掛けられた顕如も、緊張から声がかすれている。

「間に、間に合うのだろうか」

前を向きなおし独《ひと》り言《ご》つ安休の声を、後ろを走る顕如の耳は拾っていた。

「分からん。寺を出るのに手間取った」

一揆勢が目指す先。それは織田信長が建てた楼岸《ろうのきし》砦と川口《かわぐち》砦であった。

織田信長は石山本願寺の一揆蜂起の噂を聞いて、万が一に備える。野田城福島城の攻城準備と並行して、西にある野田城福島城と東にある石山本願寺の中間地点（現在の大阪市中央区）に、楼岸砦を建て警戒に当たらせた。

更に、石山本願寺のすぐ北を流れる淀川（現在の大川、寝屋川）。その淀川の対岸に、川口砦を建て監視と威圧とを行わせた。

顕如はこの夜、一揆を起こしてこれらの砦を落とすつもりでいる。ところが率いているのは小勢《こぜい》である。この小勢だけで、信長が建てた二つの砦を力押しに攻め落とせるとは思ってはいない。当然、仕掛けを仕込んでいる。

織田信長は海老江砦を攻める直前、三好家の中に内応者を求め三好為三《いさん》を裏切らせた。

同じように顕如もまた、織田家の中に内応者を求めた。顕如の手が伸びた先は、川口砦にいた高宮《たかみや》右京亮《うきょうのすけ》であった。

右京助は、かつて浅井家の家臣であった。かつて、と言ってもそれ程古い話ではない。つい三ヶ月前までは浅井家に属していた男である。この年の六月に行われた姉川の戦いでは、浅井家の側に立って戦っている。ところが戦いは織田家が勝ち、右京亮は勝った織田家に降った。その新参者の右京亮に、顕如は目を付けた。

石山本願寺から誘われた高宮右京亮は、織田家を裏切ることを決める。この夜、砦の中から一揆に呼応し、門を開け一揆勢を引き入れようとした。

これに気付いた織田家の家来達は、右京亮とその配下を砦から追い出した。

「間に合わなかったか――」

顕如が川口砦に着いたのは、高宮右京亮が追い出された後であった。

「やむを得ぬ。砦に鉄砲を撃ち掛けよ」

命じられた一揆は砦に対して鉄砲を放つ。筒から弾と飛び出した轟音は厚い雲に覆《おお》われた夜空に反響し、地域一帯に轟いた。それに満足したのか、顕如は寺への引き上げを命ずる。

石山本願寺に引き上げながら、顕如は安休を見つけて呟いた。

「まぁ、これで砦を落とせれば良かったのだが――」

語り掛けられた安休の頬《ほお》に、雫《しずく》が落ちる。

「無理に落とさなくても良かったのですか」

顕如が空を見上げる。雨が降り始めた。

「落とせれば相手の注意を更に引付けられたが――、やむを得まい。後は三好家に任せよう」

砦を落とせず寺に戻った顕如は、寝殿に軟禁していた烏丸光康の拘束を解いている。

解放する際、顕如は光康に将軍足利義昭への言伝を願う。石山本願寺と室町幕府との手切れ（御義《ごぎ》絶《ぜつ》）である。顕如は三好家の側に付き織田家と矛《ほこ》を交《まじ》える立場を、明確に示した。

十一年続く織田家と石山本願寺とが争った戦い、石山合戦はこの時から始まった。


翌九月十三日早朝。

夜半から降り出した小雨《こさめ》は、明け方になると大雨へと変わった。

その雨が降りしきる中、今度は三好家の軍勢が野田城福島城から打って出た。それらの多くが、手に鋤《すき》や鍬《くわ》を持っている。城を出ると、織田家の兵と争う一方で、川の土手や空堀を作っていた堤《つつみ》を取り壊し始める。

三好家はおよそ一ヶ月前、城址《しろあと》であった野田城福島城に入ると改修し強固にした。その際、周囲を錯綜《さくそう》する川の幾つかを堰《せ》き止め、空堀を作っている。これらの堰き止めていた川や、元から自然にある土手を切った。

室町時代に書かれた『細川両家記《ほそかわりようけき》』に野田城福島城の戦いについて書かれた箇所がある。

それによれば「俄《にわ》かに西風が吹き、海から水が吹き上げ川を逆流した。三好家が堤を切ったので水が押し寄せ、更に大雨も加わり織田家の陣は水に浸かって難儀《なんぎ》した」とある。

おそらく城にいた者の中に、日常の生活から大坂湾の満潮《まんちよう》の時刻《じこく》を知っていた者がいたのかも知れない。その満潮の頃合いに合わせるように、三好家は打って出てきた。

空堀を作る為に堰《せ》き止《と》めていた堤、その堤の向こうには溜まった川の水がある。

満潮の時刻を迎えた大坂湾の水位が上がっている。

更にこの日の大雨が重なる。

そこに堰き止めていた堤や土手を切ったので、地域一帯が水に浸かった。

野田城福島城の眼前、海老江の地に集まる織田家を中心とした討伐軍は櫓などに上がり、水を凌いだとされる。周囲は泥濘《ぬかるみ》とかし、進退の自由も効かず、戦いどころではなくなった。

その戦さの様子は石山本願寺にも伝わる。知らせを聞いた安休が、顕如へ伝えに走る。

「申し上げます」

廊下から畏まって報告する安休の顔が、興奮で紅潮している。

「三好家が、堤を切りました」

坊官である下間頼總と話しこんでいた顕如が、立ち上がる。

「やったか」

興奮を抑えられない安休の声が、一段大きくなる。

「織田家の陣屋は水に浸かったそうです」

下間頼總が顕如に向かって大きく頷く。

「これで織田家は身動きが取れなくなりましたな」

顕如も下間頼總を見て頷いた。

「そうだ。そして今度は我々だ」

翌九月十四日。

再び石山本願寺から一揆勢が打って出てきた。

石山本願寺が一揆を起こしたと知り、近隣からの門徒が集まってきた。また将軍足利義昭に促され紀伊国からやって来た兵のうち、雑賀衆を中心とした門徒が織田方を裏切り石山本願寺に駆け込んだ。こうしてある程度まとまった数となった一揆勢がこの日、動く。

一揆勢は石山本願寺を取り巻く寺内町を北に抜け、淀川（現在の大川、寝屋川）を渡る。そこから天満ヶ森や川口砦の更に東側から大きく迂回すると、織田家などの陣屋がある海老江の裏に出られる。一揆勢は討伐軍の背後に回り込もうと画策した。

これを遮ろうと織田家や室町幕府の奉公衆《ほうこうしゅう》が立ちはだかる。春日井《かすがい》の堤（滓上江《かすがえ》と推測される場所で、現在の大阪市都島区に当たる）で両者は衝突した。双方死傷者が出て、織田家黒母衣衆《くろほろしゅう》の佐々内蔵助《さっさくらのすけ》（佐々成政《さっさなりまさ》）は深手を負い、室町幕府奉公衆の野村越中守《のむらえっちゅうのかみ》などが討死した。一揆勢にも死傷者が多数出た為、それ以上の戦闘を断念して引き上げる。以後は石山本願寺に籠城した。

以降、大坂の西側にある野田城福島城と、東側にある石山本願寺。これに対して、北側に陣を張る織田家が睨み合いに入る。睨み合いに入った織田家などの討伐軍は水に浸かった陣にいる訳にもいかず、海老江《えびえ》から天満ヶ森《てんまがもり》へと陣替えを行った。

九月十五日以降、雨が止まず長い睨み合いに入った。

そんな睨み合いに入った石山本願寺に、知らせが届く。

石山本願寺に呼応した琵琶湖湖西の講《こう》を中心とした近江国の一揆勢。

北近江の浅井家。

越前国の朝倉家。

これらの反織田勢力が蜂起した。三者の連合軍の数、およそ二万。

織田家が野田城福島城の攻城を開始した九月十一日。同じ日に見計《みはか》らったかのように反織田勢力は琵琶湖の西を南進し近江堅田《おうみかたた》に現れた。堅田と言えば、京まで半日も掛からない場所である。

九月十九日には近江坂本で防衛していた織田信長の弟織田信治《のぶはる》（織田信秀《のぶひで》の五男、或いは七男）や森可成《もりよしなり》を破り、討死に追い込んだ。

浅井家や朝倉家は易々《やすやす》と京を伺《うかが》う所まで進出している。

この時、南進している浅井家の当主は信長の妹婿《いもうとむこ》である浅井長政であった。その長政が六角承禎《ろっかくじょうてい》の家臣、三上士忠《みかみあきただ》（栖雲軒《せいうんけん》）に次のような手紙を送っている。

――浅井朝倉が坂本にまで至ったこと、都に突入するかを相談していること、野田城福島城が堅固に守っている、と伝え聞いていること。

四国の三好家、石山本願寺、北近江の浅井家、越前国の朝倉家がここに反織田勢力として具体的に結託した姿を見せた。そしてこの勢力が描いた通り、計画は進行している。

最初に、畿内の西側（摂津国）で乱を起こす。

四国の三好家が畿内に侵攻し、野田城福島城に立て籠る。それに対して、織田信長を中心とした討伐軍が攻め寄せる。攻め寄せた討伐軍に対して石山本願寺の一揆勢が後ろから蜂起する。更に三好家が堰《せき》を切る。三好家が堤を切ったのも、勝つためではない。自らが生き残り、織田家を中心とした討伐軍を足止めにする為である。

それと同時に畿内の東側（近江国）で反織田勢力が狼煙《のろし》を上げる。

越前国の朝倉家、北近江の浅井家、近江の一揆勢が湖西を南下し都を伺《うかが》う。こうして、摂津国に滞陣している織田信長と本領の尾張、美濃とを分断しつつ、じわじわと締め上げていく。

まさに計画通りに進行し、なお継続中である。六角家の家臣に手紙を送った浅井長政も、手応えを感じていたに違いない。

織田信長は見事に罠に掛かった。

反織田勢力が南下している話は、織田家にも届く。

摂津国で悠長に戦さなどをしていられない。浅井家、朝倉家が京に到達すれば、織田家は本国の尾張国、美濃国との退路を断たれる。

九月二十二日、織田信長は摂津国からの撤退を決めた。


九月二十三日早朝。

織田信長、室町幕府の奉公衆などが天満ヶ森より撤退する。

石山本願寺に立て籠る一揆勢も、野田城福島城に籠る三好家も、次々と撤退していく討伐軍を見送る。討伐軍が去っていくからと言って、追撃を掛けようとはしない。この時、殿《しんがり》を柴田勝家《しばたかついえ》と和田惟正《わだこれまさ》とが守っている。撤退していく後ろから襲おうものなら、逆撃を食らうことは目に見えていた。

顕如は石山本願寺に林立する櫓の一つに一人で立ち、撤退していく様を凝視している。顕如だけではない。石山本願寺や周囲を取り巻いている寺内町には、たくさんの櫓を建てている。それらの櫓に僧や番衆らが登り、去っていく織田家を凝視している。

安休が顕如の居る櫓に登ってきた。顕如の側で撤退していく織田家などの様子を見る。

安休の目に映るのは、石山本願寺の北側に沿うように流れる淀川（現在の大川、寝屋川）、その淀川の対岸にある天満ヶ森から撤退していく織田家や幕府の奉公衆の旗である。連綿《れんめん》として尽きない兵の群れが、長い長い蛇のように蛇行《だこう》し大坂から去っていく。

織田家や幕府の奉公衆が去るからといって、歓声が上がるわけではない。誰も言葉を発しない。固唾《かたず》をのんで見守っている。少しでも様子を変え、反転し襲ってこないかを見守っている。

安休が囁《ささや》く。

「去っていきますね」

安休の言葉に、顕如は大きく頷きながら囁き返す。

「ひとまず、このまま大坂の地を離れてくれればいい」

「ここから織田家は、美濃や尾張へと引き上げるのでしょうか」

二人とも去っていく織田家から目を離さない。

「恐らく京へ向かうだろう。浅井、朝倉は山科まで進んでいるから、そこで戦さになるやも知れん」

浅井家、朝倉家、更には湖北の本願寺に連なる寺で組織された一揆は、京の隣にある山科まで到達している。

「比叡山の延暦寺もこちら側に付いたのでしょうか」

琵琶湖の湖西、比叡山に延暦寺はある。延暦寺は古くから僧兵を抱えている。

「浅井、朝倉に比叡山も参戦したようだ。これで織田家は尾張国、美濃国に帰れず琵琶湖の南で足止めを食うだろう」

そう言った後、顕如は沈んだ声で続けた。

「こちらも、その間に建て直さねば。人も物も足りん」

「播磨国《はりまのくに》（現在の兵庫県南西部）英賀《あが》の城主、三木通秋《みきみちあき》様が合力《ごうりき》（援助）してくださるとか」

安休の言葉に、浮かない顔の顕如が呟く。

「有難いことだ」

播磨国は、本願寺八世蓮如が六人の高弟《こうてい》を遣《つか》わし布教活動を行った。弟子達はそれぞれ一寺を建《こん》立《りゅう》しこれら六つの寺を中心に、播磨地方の有力な寺の総称として「播磨六坊《はりまろくぼう》」と呼んだ。また蓮如の孫も播磨国に下り寺を建立するなど、大きく勢力を伸ばし発展する。

この播磨国に英賀という地域がある。英賀城の城主、三木通秋も大変熱心な門徒であった。通秋は一揆が蜂起したと聞き、石山本願寺に兵四百名と米を送っている。

「皆が英賀のように心を一つにして、尽くしてくれれば良いのだが」

そう一人独り言ちる顕如を、安休が励ます。

「今後も応援の狼煙は各地で上がります。現に北伊勢（現在の三重県北部）の門徒が準備を始めているというではございませぬか」

安休に励まされ、頷いて返した顕如が一言漏らす。

「それにしても――」

顕如は、そう言いかけて噤《つぐ》んだ。

安休は、顕如が何を言いかけたかは分かっている。

――それにしても。一揆の気運が高まらない。

石山本願寺は各地に檄文を送り、一揆の参加や援助を促している。ところが思ったほど、一揆の気運が高まっていない。よって参加者も思う程には集まらない。

例えばこの当時。

尾張国中島郡（現在の愛知県一宮市）に聖徳寺《しょうとくじ》という寺があった。聖徳寺は美濃国を治めていた斎《さい》藤道三《とうどうさん》と、娘婿となった織田信長とが会談した場所としても知られる。

この聖徳寺は石山本願寺に連なる寺であったが、一揆には参加しなかった。そこで翌々月の十一月十三日、聖徳寺が一揆に与《くみ》しないと確認した織田信長は寺に対して安堵状《あんどじょう》を送っている。聖徳寺は織田家の本領《ほんりょう》、尾張国にあるので一揆に与しないのは分かる。だが聖徳寺だけではない。一揆に参加しない畿内の寺々に対して、信長は安堵状を送っている。

なぜ一揆の蜂起を躊躇《ためら》った寺があったのか。

英賀城の城主、三木通秋のように自身も門徒であれば地域を挙げて一揆を応援出来る。ところが蜂起を促された寺々も、立場と立地で一揆への参加が難しい寺もある。

というのも、織田信長は将軍足利義昭を擁立している。義昭が信長の側にいる以上、畿内を中心とした大名、国人の多くが将軍を慕《した》い織田家に与《くみ》している。どれだけ石山本願寺の影響力が強い地域であったとしても、大名、国人の支配層が織田家に与しているので寺も一揆を応援しにくい。

その縮図と言えるような場所があった。河内国久宝寺《きゅうほうじ》である。

久宝寺村は浄土真宗宗祖親鸞の高弟法心《ほうしん》が親鸞の死後に訪れ、教えを広めた地域である。また、八世蓮如も訪れ布教に力を入れるなど、本願寺の影響力が強い地となり、道場も増え、堀を備えた環濠集落の寺内町を形成する。

室町時代、守護大名であった畠山氏の一門に畠山満貞《みつさだ》という人物がいた。満貞は河内国の渋川郡《しぶかわぐん》を領したことから、畠山姓から渋川姓に変え、渋川左馬允《さまのすけ》と称するようになる。

渋川左馬允の子、渋川隠岐守光重《おきのかみみつしげ》は播磨国の安井郷を拝領して、今度は姓を渋川から安井《やすい》と改める。

時代が下り、安井助左衛門定繼《すけざえもんさだつぐ》の時に久宝寺村を領するようになった。

この久宝寺村を領した定繼には、四人の息子がいた。安井定重《さだしげ》、定正《さだまさ》、定次《さだつぐ》、定則《さだのり》という息子達であった。（安井家の家系については諸説ある）

本家の畠山家が織田家に属したので、その一族である安井家も織田家に従うようになる。後に畠山家は没落するが、安井家はますます織田家との結びつきを強くする。定繼の長男定重、次男定正は織田信長に仕え、信長も安井家の久宝寺村を安堵している。

ところが本願寺の門徒が多い久宝寺村である、軋轢《あつれき》がうまれた。石山合戦が進むにつれ、属していた織田家と領民が慕《した》う石山本願寺との間で、安井家は難しい立場となる。

この元亀元年（一五七〇）より後の話となるが、天正《てんしょう》五年（一五七七）安井家は一揆に攻められ、長男の定重は討死、次男の定正も重傷を負ったという。

このように畿内の中でも、摂津国、河内国は浄土真宗が盛んで、石山本願寺に連なる寺々も多かったが、支配層が織田方についているので一揆の気運が高まりにくかった。

顕如が期待したほど、一揆の気運が高まらない。高まらないので、一揆の参加者は思ったほど集まらない。それが顕如の悩みである。

ところで、一揆に攻められた安井家には話の続きがある。

安井家は三男の定次が家を継ぎ久宝寺において帰農するが、この安井家から出たのが安井定清（平治）、定吉（九兵衛）の兄弟である。成安道頓《なりやすどうとん》、平野藤次《ひらのとうじ》とともに道頓堀を代表とする大坂の治水事業に尽力し、大坂は商都として発展する。

また一揆に攻められ重傷を負った次男の安井定正。定正の孫は、碁技《ごぎ》に優れていた。この孫が、初代安井算哲《やすいさんてつ》である。算哲は幕府から俸禄を受け、碁の家元安井家を興《おこ》す。そして算哲の長男が、二代目算哲である。後に碁打衆から天文方に転じ、渋川春海《しゅんかい》と名乗った。我が国で初めて作られた暦「貞享暦《じょうきょうれき》（大和暦）」を作ったのが、安井家から出た渋川春海と言われている。

だが、これはあくまで後の話。石山本願寺に籠る顕如は、目下悩みの中にいる。顕如は安休に構わず、再び呟いた。

「儂には、儂の戦い方がある」

こうして織田家は摂津国から撤退した。

この後も、顕如は各地に檄文を送り一揆の加勢を求めている。月が替わり十月七日に出した檄文は各地に残っている。その中で顕如は、兵や武器、資金、兵糧の援助を求めている。

また、反織田勢力との外交攻勢も強めている。

織田家と石山本願寺とが睨みあいを行っていた九月十九日、阿波国三好家の家老、篠原長房《しのはらながふさ》が増援を率いて四国を出た。石山本願寺と篠原長房とは関係が深い。本願寺八世蓮如の孫に実誓《じっせい》という僧がいた。篠原長房は、その実誓の娘（蓮如から見ると曾孫）を妻に娶《めと》っている。この長房の出兵に顕如は喜び、書状を送っている。

篠原長房が四国から率いてきた兵の数は、最終的に二万人とも言われる。

兵庫の浜に上陸すると、瓦林三河守《かわらばやしみかわのかみ》が守る瓦林城（現在の兵庫県西宮市）を落とす。

また茨木《いばらき》城（現在の大阪府茨木市）を調略によって下している。

各地を平定しながら長房は、十月一日に野田城福島城に入城した。

この三好家の増援を受けて十月三日。

石山本願寺坊官の下間頼總が、琵琶湖湖西の講で結成されている本願寺門徒に対し、阿波国三好家が野田城福島城に到着したので京への進撃を命じており、その状況を尋ねている。

更に下間頼總は篠原長房と約定を結ぶ。ここで初めて石山本願寺と三好家とは同盟関係となった。

顕如は、織田家が大坂の地を去った後も外交攻勢を強めていく。

美濃国岐阜城から三好家を討たんと出てきた織田信長は、大坂の地を去った。織田家はそのまま京に戻り、浅井家、朝倉家との戦いに入ることになる。

野田城福島城に籠っていた三好家はこの後、去った織田家を追って京に上るはずである。

それと同時に石山本願寺の顕如は、攻勢を強めるべく諸国の寺々に蜂起を促した。

主要な戦いは、摂津国（大阪府北部）から近江国（滋賀県）に移った。

第五章　十月以降　和睦と抗戦

一揆を起こした石山本願寺。

九月二十三日、織田家は摂津国大坂より撤退する。織田家とそれに属する織内の大名国人衆が去り、石山本願寺の目前の脅威は無くなった。

十月に入る。寺の中の緊張は続いていたが、一ヶ月もすると緩んでくる。

十一月に入ると普段と変わらない日常が戻ってきた。

三好家と石山本願寺との関係を取り持った近衛前久も、この時期は活動を控え各地の動向を見守っていた。

元亀元年（一五七〇）十一月下旬。

近衛前久が、忍んで石山本願寺の顕如の許へ訪れる。

顕如と対面した前久。機嫌は悪くはない。

「門跡（顕如）、近江の話は聞いているか」

「比叡山では織田と浅井朝倉とが睨み合ったままとか」

摂津国大坂から撤退した織田家。

織田家はその日のうちに京へ戻ると、翌九月二十四日には京を出発。山科にいた浅井朝倉を中心とした反織田勢力と交戦している。織田家もここで一大決戦に持ち込み駆逐しなければ、摂津国からやって来る三好家に後背を突かれる。

それが分かっているので浅井家、朝倉家などは、二度三度の小競り合いを行い退いていく。退いた先は比叡山延暦寺であった。僧兵を抱えた延暦寺は、浅井家、朝倉家の侵攻に呼応し反織田を明確に示した。

ここから浅井朝倉などの反織田勢力は、比叡山を中心に、北にある堅田《かたた》、反対に南にある壺笠山《つぼかさやま》などに櫓を築いて立て籠る。

京を出た織田家は比叡山の麓にある志賀《しが》穴太《あなた》口《ぐち》から坂本まで押し寄せると、比叡山の山頂と対峙し兵を展開させた。

琵琶湖の南、比叡山の山上と麓とで対峙した二つの勢力。ところがそこから睨み合いが始まり一ヶ月以上を過ごしている。織田家は動くことが出来ず、窮地に陥ったままである。

「公方（足利義昭）も流石に青い顔をしておるだろうな」

織田信長に擁立されている将軍足利義昭。

そもそも前久は足利義昭の追及により京を追われている。この義昭と織田信長とを京より追い落とせば、追放された前久の都への復帰も見えてくる。自然、足利義昭、織田信長が窮地になれば前久の機嫌も良くなる。

「公方様も弾正忠（織田信長）も、苦しんで青い顔をしておりましょうな」

そう答えた顕如であったが、平伏し下を向いている顔は浮かない。

織田家に反抗し一揆を起こした石山本願寺の顕如。織田家の威勢が衰えれば、抑圧から解放される。顕如にも喜ばしい事態ではあるはずだが、声に元気がない。

「ただ」

浮かない顔のまま平伏し、顕如は続けた。

「ただ、苦しめた、という所でこの戦さは終わりましょう」

「何故じゃ」

驚いた前久が声を上げた。

前久にすれば織田家と足利義昭とが京より去らなければ、目的を遂げられない。織田家を苦しめた、というだけでは意味がない。

平伏をしていた顕如が、暫《しばら》く黙し考えてから答える。

「冬が来ています。冬の滞陣は双方に堪《こた》えましょう。自然、我らや三好家を含めて和議の話が持ち上がるに違いございません」

「その三好は何故動かん」

野田城福島城に籠っていた三好家。三好家は織田家などの討伐軍が撤退すると、籠城という制約を解かれた。そこから京に上り、織田家の背後を襲って挟み撃ちにする筈であった。ところが十一月も終わろうとしているのに、三好家は城から動いていない。

前久に問われ、苦い顔をした顕如。

「四国よりやって来た三好の援軍」

十月一日、三好家の本領である四国から野田城福島城へと援軍がやって来た、その数二万。

「四国から来た三好の援軍は瓦林城と茨木城とを落としました。この時、一気に織田家の後ろを突くと思ったのですが」

四国から渡ってきた三好家の援軍は、摂津国にある瓦林城（現在の兵庫県西宮市）を攻め落とし、茨木城（現在の大阪府茨木市）を調略で下した。

これを現在の地名に置き換えると、西宮市にあった瓦林城を落とし、立て籠っている野田城福島城のある大阪市を通り、茨木城のある大阪府茨木市まで道が出来たことになる。大坂から京までの道の半分を抑えた。

三好家はその気になれば一気に京にまで駆け上り、更に京を越えて琵琶湖の南に陣取る織田家の後背を突くことが出来た筈《はず》だ。

この脅威を最も感じていたのは、比叡山で対峙していた織田信長であった。信長は事態を想定し、焦っていただろう。十月二日、遊佐《ゆさ》氏（おそらく河内国の国人、遊佐信教《のぶのり》）に出した書状の中で、信長は語っている。

――徳川家康《とくがわいえやす》、木下秀吉《きのしたひでよし》、丹羽長秀《にわながひで》が坂本に参陣してくる。摂津国にいる三好家が織田家の背後を襲う為に上洛してくれば兵を分け、信長自らが兵を率い三好家を破ってみせる。

遊佐氏に出した書状では、以上のように景気の良い話をしている。ところが実際は、比叡山に籠る兵と摂津国から京にやって来る三好家の兵を、同時に相手にするほど織田家の数は多くない。信長は背後から来るであろう三好という危険を感じつつ、目の前の敵と対峙をするよりなかった。

「三好が上洛し、織田家の背後を襲えばこの戦さは勝ちになるではないか」

納得がいかない近衛前久は憤然とする。

「そういう訳にも参りますまい。摂津国も河内国も、誰も三好に付こうとしませんからな」

将軍である足利義昭。その義昭を支持している摂津国、河内国、大和国の大名国人衆は、三好家のこれだけの威勢を見ながら誰も鞍替《くらが》えをしなかった。

これらの大名国人衆は、野田城福島城の攻略に参戦していたが織田家が撤退すると、それぞれの居城へと戻る。そして三好家の報復に備え籠城した。

つまり京に向かう道の半ばまでを確保しながら、その道の周囲は織田家に属する大名国人達が守りを固めている。三好家は、周囲に不安があり先に進めない。

「池田の話は聞き及んでおられましょう」

顕如に問われ、前久は苦い顔をする。

十月八日。

三好家は、周囲の不安材料を取り除くべく池田（現在の大阪府池田市）へ侵攻した。ところが池田の大名、池田親興《いけだちかおき》はこれと交戦し返り討ちにした。

この戦況は直ちに、近江国坂本にいる織田信長の許にも届く。南近江の宇佐山城《うさやまじょう》にいた信長は話を聞くと、即座に池田親興に書状を送って手放しで褒《ほ》めている。坂本で苦しい睨み合いをしていた織田陣営にとって、久々の朗報であった。

苦い顔をしている前久に、顕如が追い打ちをかけるように続ける。

「遊佐や畠山の話にしてもそうです」

遊佐氏は河内国の国人であり、畠山氏は河内国の半国守護の大名である。

「三好家は遊佐や畠山も攻めましたが、どこも落とせませなんだ」

摂津国北部の池田を落せなかった三好家は、方角を東に変え河内国を攻略しようとする。

十月二十二日。

遊佐信教が籠る高屋城《たかやじょう》。畠山高政《はたけやまたかまさ》が籠る烏帽子形之城《えぼしのかたちのしろ》。これらの城を、三好家は攻めた。ところが侵攻は失敗に終わる。それだけではない。河内国にある交野城《かたのじょう》(現在の大阪府交野市)や若江城《わかえじょう》(現在の大阪府東大阪市)にも進出したが、やはり攻略出来なかった。

三好家は摂津国、河内国を押さえられないでいる。これを無視して京に上り、織田家の後ろを突こうものなら、さらに三好家の背後を摂津、河内の大名国人に突かれかねない。

「三好家は野田城福島城から動けなくなりました」

十一月に入ると、三好家と摂津河内大和の大名国人達は牽制《けんせい》しあって身動きが取れなくなった。三好家は織田家の後背を襲いたいが、野田城福島城から動けない。

前久が見えない比叡山を遠望するかのように顔を上げ呟く。

「比叡山の上では浅井や朝倉が三好家の来援を待ちわびておろうが」

「いくら待っても、現れぬでしょうな」

浅井家や朝倉家が比叡山の上でどれだけ首を長くして待っても、身動きの取れない三好家は現れない。浅井家も朝倉家も、それに対している織田家も睨み合ったまま膠着《こうちゃく》状態《じょうたい》となった。

前久も事態が膠着しているのを薄々とは感じている。顕如の見立てに反論出来ない。

「恐らく冬の間は戦さを控え、暖かくなりましたら新たな動きもありましょう」

前久も事態が煮詰《につ》まったままでは、話が進展しないことを理解している。

その前久に、顕如は言葉を尽くして諭《さと》す。

「仏の御加護か関白様（前関白、近衛前久）の御威光か、此度は思いのほか上手く運びました。しかし、いつも話が上手く進むとは限りません。関白様に置かれましては、なにとぞ御自重の程を」

諭している顕如自身、細かな所は不満もあったが、結果から見れば余りに事が上手く運びすぎて、首を捻る程である。

ひれ伏しながら諭《さと》す顕如の頭を見ながら、前久は呻いた。

「儂は――」

悲壮な決意が声に籠っている。

「儂は京へ帰る。諦めんぞ」

悔しさを滲《にじ》ませ、絞り出して答えた前久は石山本願寺を後にした。

来賓客をもてなす寝殿を出た所まで前久を見送った顕如。ふと空を見上げた。石山本願寺の空は、重たい鉛色の雲が一面に広がっていた。

石山本願寺に仕える安休。

安休も又、日常の生活へと戻っていた。寺における日々の務《つと》めを淡々とこなしている。

石山本願寺の庭に出ていた安休が空を見上げると、寒々とした雲が一面に広がっている。今度は下を見る。手にしている箒《ほうき》で、庭に落ちている枯れ葉を掻き集めていく。

織田家が大坂の地を去った後、寺の中の緊張はすぐには解けなかった。寺内で織田家と浅井朝倉に関する噂が流れるたびに、僧達は声を潜めて話し合う。その話し合う内容に、安休も聞き耳を立てる。話を聞きながら時折、小谷で会った浅井久政を思い出す。

ところが近江国の戦況が膠着状態を続けると、次第に話をする者も少なくなり日常へと帰っていく。

十一月に入ると、石山本願寺の御坊もそれを取り囲む寺内町も、表向きは日常の風景と変わりがなくなった。

二ヶ月前の九月十二日深夜。鎧《よろい》を着け、得物《えもの》を手に持ち、織田家の砦に攻めた夜が安休には遠い昔のように思う。

庭で枯れ葉を掃いていると、後ろから呼びかけられた。

「寒いのに精がでるな、安休」

安休は手に箒を持ったまま振り向く。

前久を見送って戻ってきた顕如が、回廊から声を掛けてきた。

「門跡。前関白様は帰られましたか」

頷《うなず》く顕如に、安休が箒を持ったまま近寄ってきた。

「前関白様のご機嫌はよろしかったですか」

「まぁ――、機嫌だけは良さそうだったがな」

機嫌の良かった前久に冷や水を浴びせた、とはさすがに顕如も言えない。

「比叡山の状況は如何あいなりました」

「特段の変化はないようだ。相変わらず睨み合いを続けている」

「三好家も動かずのままですか」

「うむ」

「では北伊勢の事態はどうなりました」

安休の言う北伊勢（三重県北部）の事態。

各地で膠着状態が続く中でも、顕如の外交攻勢や一揆の呼びかけは続いていた。その呼びかけに応え、織田家に対し積極的に抗《あらが》っている地域があった。北伊勢の門徒を中心とした一揆である。

十一月の半ばになろうとする頃から、この地域の活動が急速に活発化する。

「寺の僧達も、手が空いたら北伊勢の話ばかりしていますよ」

十一月も後半になると、寺内での噂話は近江国から北伊勢の情勢一色となった。

「下間豊前守《しもづまぶぜんのかみ》（下間頼旦《しもづまらいたん》）から便りが来たわ。なかなか凄《すさ》まじい動きをしているようだ」

伊勢国《いせのくに》（現在の三重県）の北部は本願寺八世蓮如《れんにょ》の子である蓮淳《れんじゅん》が寺を創建して以来、地域の支配層を取り込み門徒を増やした。

その北伊勢にも顕如の檄文《げきぶん》が届く。するとそれに呼応して本願寺に連なる寺々が蜂起し一揆を起こした。特に前年の永禄十二年（一五六九）、織田家が北伊勢を攻め一部地域を支配したが、織田という新しい領主に反発した北伊勢の国人衆が一揆の側に付いた。国人衆も加わった一揆は数万という数に膨れ上がる。

この一揆が蜂起する直前、顕如は石山本願寺より下間頼旦など幾人かの現地指導者を派遣している。

「北伊勢は尾張国の隣国、国境《くにざかい》を越えれば織田家の本領です。さぞ織田家も驚いているでしょう」

そう話す安休に、顕如が苦笑いする。

「寺の世話ばかりで世間に興味を示さなかった安休も、だいぶ政治《まつりごと》を話す様になったな」

そう揶揄《からか》われ、安休は恐縮して照れる。

ところが安休を揶揄った顕如は、険しい顔をして声を潜める。

「だがな安休。北伊勢の一揆は儂が思った以上の働きをしている」

北伊勢の話は顕如も喜んでいる、と思った安休。意外な反応に驚いた。

「一揆が織田家を追いつめ、戦果を挙げると問題でしょうか」

「戦果を挙げ過ぎたのだ」

北伊勢で蜂起した一揆は手始めに、織田家が守る長島城を奪う。

続いて織田家の家臣、滝川一益《たきがわかずます》の籠城する桑名城《くわなじょう》を包囲した。

更に勢いの付いた一揆の一部が、国境を越え尾張国に入る。この侵攻してきた一揆に対して織田信長の実弟、織田信興《のぶおき》（織田信秀の七男）と対峙した。尾張国小木江村《こきえむら》を領していた織田信興に対して、一揆は数日に渡り攻め続ける。支えきれなくなった信興は、陣中において自害した。十一月二十一日の話である。

織田信長の身内が再び亡くなった。

これで信長の実弟《じってい》が亡くなるのは、九月十九日に近江の坂本で亡くなった織田信治に続いて二人目である。

この北伊勢を中心とした一揆は数年に渡り織田家と争い、伊勢長島の一向一揆と呼ばれるようになった。

戦果を挙げたことで、織田家と石山本願寺との間で遺恨が出来た。北伊勢からの知らせは届いていたが、余り期待を抱かせたくない顕如は近衛前久に伏せていた。

顕如は、渋い顔をしたまま安休に向かい語り続ける。

「弾正忠（織田信長）は弟を二人も殺され、憤《いきどお》っておるだろうな」

この間、比叡山の麓にいる織田信長は動けず十分な応援を出すことも出来なかった。

「しかし、その憤りは己に対して向けられているはずだ。比叡山で対峙し、一族の者を助けに行かれぬ己の不甲斐なさにな、更に」

そう言いながら顕如は腕を組む。

「更にこの数ヶ月。四方を敵にし、引きずり回されたのを恥辱と感じているだろう」

そこまで言って、顕如はゆっくりと目を閉じた。

顕如の話しぶりから、安休は自らが思っている程、事態が楽観的ではないと感じる。

「これから、どうなっていきましょう」

顕如は問われ、暫らく熟慮する。

「前関白様（近衛前久）にも言ったが」

目を閉じたまま、言葉を選び未来を占う。

「一先《ひとま》ず、朝廷と帝（正親町天皇《おおぎまちてんのう》）による和睦がなされるだろう。なにせ我らに度々和睦を薦めていたのは朝廷であったからな」

一揆を起こした九月十二日から今に至るまで、石山本願寺は様々な方面から和睦の薦めを受けていた。その薦めを主導していたのは朝廷であった。


京にある朝廷。

朝廷は早くから石山本願寺の一揆蜂起を知り、憂慮していた。或いは一揆が蜂起するより前、噂が出始めた頃から憂慮していたようである。

石山本願寺が一揆を起こしたのが九月十二日。

その翌日には、一揆蜂起の報が京にまで届いている。

九月十五日。

石山本願寺の一揆発生を重く見た朝廷は、権中納言《ごんちゅうなごん》の飛鳥井雅教《あすかいまさのり》（後に飛鳥井雅春《あすかいまさはる》）を大坂にいる将軍足利義昭の許へ、諮問《しもん》に行かせることを決める。ところが飛鳥井雅教はこれを辞退。代わりに参議の柳原淳光《やなぎはらあつみつ》を選ぶ。

九月十七日。

一人の公卿が戦地である大坂から帰京している、権大納言《ごんだいなごん》の烏丸光康《からすまみつやす》である。

石山本願寺に一揆の決行を思いとどまらせる為、足利義昭の使者として寺へ赴いた烏丸光康。この烏丸光康が石山本願寺との和睦を図りたい足利義昭、或いは織田信長も含めた、朝廷工作の為に帰京した。

九月十九日。

権大納言の山科言継《やましなときつぐ》が朝廷より呼ばれ、内裏《だいり》に参内している。言継が参内すると、石山本願寺へ柳原淳光、烏丸光康と共に勅使として赴《おもむ》くよう言い渡される。

足利義昭への諮問ではなく、石山本願寺への勅使に代わっている。諮問を行って協議する段階から、事態収拾への動きに変わる。

九月二十日には山科言継と柳原淳光とが同行し勅書を拝受《はいじゅ》している。ところが、この勅使は大坂にまで赴かなかった。既に大坂までの道のりが危険であった為である。

こうして朝廷による勅使派遣は失敗に終わった。

しかし、朝廷による和睦の勧めはこれだけではなかった。

事態を憂慮していた朝廷は勅使派遣を送る前、一揆の噂が出ていた頃から一人の公家に接触をしていたようである。それがこの事態を招いた近衛前久であった。

摂津国大坂が戦さの中心となった後も、前久は石山本願寺の寺内町に留まっていた。顕如もこれは知らず、後で驚いている。

朝廷は、寺内町に住む前久に連絡を取ったようである。『二条宴乗記《にじょうえんじょうき》』によると一揆が蜂起する前日、前久は枚方《ひらかた》（現在の大阪府枚方市）まで出掛けている。そこで呼び出しをした人物と会い、話を済ませたのであろうか。枚方に到着後、すでに戦さの始まっている大坂へ危険を冒し戻っている。

そこから石山本願寺の顕如の許に書状を送る。和議の勧めであったと思われる。

近衛前久の目的は足利義昭と織田信長とを京より追い落とすこと――、ではない。それは目的を達成させる手段に過ぎない。前久の目的は、あくまで都と朝廷への復帰である。つまり目的が達成されるなら手段に固執《こしつ》する必要はない。そこで一揆蜂起と同時に朝廷の依頼による和睦を斡旋《あっせん》し、事態を収拾して見せる。その見返りが、京と朝廷への復帰であったはずだ。

それに対して、顕如が前久に出した返答の書状が残っている。丁寧な和議の拒絶である。

近衛前久の斡旋は失敗に終わった。

勅使派遣も失敗し、近衛前久への依頼も失敗した朝廷。ところが朝廷も諦《あきら》めきれない。

十月三十日。

石山本願寺が門跡寺院になる以前に属していた青蓮院門跡《しょうれんいんもんせき》。その青蓮院の門跡、尊朝法親王《そんちょうほっしんのう》から和議に関する書状を顕如は受けている。青蓮院門跡尊朝法親王は皇族の出身である。或いは朝廷からの依頼で、顕如に対して書状を送ったのかも知れない。

これに対して、十一月十三日、丁寧な答礼を送っている。拒否である。

こうして度々、和睦の勧めを受けていた顕如はこの間、拒否をしてきた。

その拒否をしてきた顕如。

「和睦をするのは構わん」

「和睦をお受けするのですか」

顕如の意外な言葉に安休が驚いた。

「別に構わんさ。だがな、結んだ和睦が未来永劫に渡って続くのかどうかだ。どう思う安休」

そう問われても安休には分かりかねる。庭に立ち箒を手にしたまま考え込む。その考えている安休を無視して、顕如は続けた。

「儂は和睦が続くとは思えん」

安休はなぜ一度は取り交わされる和睦が続かないのかを、理解出来ない。

「思えんのだ。弾正忠（織田信長）は実の弟を二人亡くし、家臣も失っている。このまま黙っていては、面目が保てまい」

織田信長は近江国坂本で織田信治、尾張国小木江村で織田信興を失っている。更に四方を敵に回し、森可成などの家臣も失った。身内や家臣を失ったまま黙っていては、織田家当主としての信長の面目が立たない。

「しかも織田家は和睦をしたとしても、状況自体は変えられぬ。織田に付いた畿内の大名などが裏切るやも分からん。そうならぬ為にも、いずれ織田家は巻き返しに図るだろうな」

和睦をしたとしても、織田家は四方に敵を抱えた状況を変えられない。

「それでは、この先も戦さは続くのでしょうか」

安休が心配そうに尋ねたが、顕如が暫らく熟考する。

熟考しながら、別の話を口にした。

「戦いは遺恨を生む。遺恨は新たな遺恨を生み出す」

遺恨。

先に石山本願寺を明け渡すよう求めてきたのは織田信長であった。それに対して顕如は一揆を催し織田家を退ける。そして退けられた織田信長は弟も家臣も失った。面目を失い、四方を敵に回した織田信長は石山本願寺に対しても恨みを抱くだろう。

一度始まった争いは遺恨を生み、遺恨は新たな遺恨を生み出す。

「それでは――」

そこで安休は悟った。戦いは終わらない。織田信長が引けなくなったように顕如も又、争いの連鎖に嵌《はま》り引《ひ》けなくなったのだと。

「そう、一度始めた以上、今更だ――」

言いながら、自嘲気味にほろ苦く笑った顕如。

「今更、後に引けん。際限のない争いに入ったやも知れんな」

暗澹《あんたん》とした安休が顕如に問う。

「我々は自らの身を守るために立ち上がり、立ち上がった故に恨みを買った訳ですか」

顕如はそんな安休の問いに答えず、一度大きな溜息をついた。

遣《や》り切《き》れない二人、何も発せず黙り込む。

冬の訪れを感じさせる冷たい風が流れた。

暫らく黙り込んでいた顕如。首を振ってから、安休を見た。落ち込んでいる安休を励ます様に、或

い は自らを奮い立たせるように強い口調で語る。

「しかし、だ。寺を守るには戦わねばならん。そうだろ安休」

「それは――、そうです」

顕如は腕を組んで、俯き考えながら語る。

「戦わねばならん。だが今のままでは戦えん。腹の座り具合が不確かな前関白様（近衛前久）は当てにならぬし、手を結んだ三好も頼りにならん」

顕如から見ると、帰京の為の独自の外交をとっている近衛前久は信頼出来るか不安であるし、野田城福島城に籠って動かない三好家も頼りにならない。

「此度《こたび》は参加しておらぬ大名に使いを出し、より大きな力を頼らねば」

顕如は既に和睦が成された後を考え、模索を始めている。

「そして戦いが続くようであれば、辛《つら》いが我々も団結し抗《あらが》わねばならん」

そこで顕如は顔を上げ、安休をまっすぐに見た。

「その時は安休。お前にも働いてもらわねばならんかも知れん。頼むぞ」

力強く促された安休。深々と頭を下げ顕如に応えた。


この翌月の元亀元年（一五七〇）十二月十三日、石山本願寺を含め反織田勢力に付いていた浅井家、朝倉家などの大名は織田家と和睦を行う。正親町天皇の綸旨《りんじ》による講和だった。

織田家と停戦に入り一時の平和が訪れる。和睦が実現した直後、顕如は浅井家、朝倉家の当主や家臣達に慰労の手紙を各々に送っている。

ところで、それと並行して次の手立てを模索し、この戦いに参加していなかった大名にも音信の手紙を送っている。甲斐国《かいのくに》（現在の山梨県）を中心とした強国、武田《たけだ》家である。

武田家の当主武田信玄《しんげん》、その継室は三条《さんじょう》の方《かた》である。三条の方は左大臣三条公頼《さだいじんさんじょうきんより》の娘であり、妹は顕如の妻の如春尼《にょしゅんに》であった。つまり信玄と顕如とは妻が姉妹同士の義理の兄弟である。

三条の方は、この年（元亀元年）の夏に亡くなっている。そこで顕如は長年音信を怠っていたのを詫び武田信玄、その息子の武田勝頼《かつより》に簡単なあいさつ文を送っている。

これ以降、石山本願寺の顕如は武田家とも連絡を取り合うようになり、武田家も次第に反織田の姿勢を取っていく。

ここまでが元亀元年（一五七〇）下半期に起こった野田城福島城の戦いから志賀の陣まで、俗に第一次信長包囲網と呼ばれる戦いの顛末《てんまつ》である。

そして同時に石山合戦の始まりでもあった。石山本願寺の顕如、それに仕える安休はここから長い長い戦いに足を踏み入れた。安休はこの後、加賀国などにも派遣され、十一年に及ぶ石山合戦を戦い抜く。

さて元亀元年（一五七〇）の織田家包囲網に関与していた近衛前久。

前久はこの後も反織田、反足利義昭の為に活動を続けている。ところが収入がないと活動にも限りがある。そのような前久に対して、三好家は元亀二年（一五七一）十一月、河内国森口《もりぐち》（現在の大阪府守口市）に所領を進上している。

しかし同じ年、将軍足利義昭と擁立している織田信長との関係が壊れ始める。信長に不満を溜めた足利義昭は、諸国の大名に自らを支えるよう要請する。

そして元亀四年（一五七三）武田信玄の助力を得た足利義昭が織田信長に対して立ち上がる。

ここで反織田勢力の中心的な役割が、近衛前久から足利義昭へと変わる。

この政治環境の変化から義昭と不仲な近衛前久は、石山本願寺の寺内町などにあった拠点を引き払う。摂津国を退去した後、丹波国の妹婿、赤井直正の居城黒井城に戻り事態を静観した。

その後、織田信長と袂《たもと》を分けた足利義昭が追放され、関白であった二条晴良も信長に距離をおかれると天正三年（一五七五）、前久は帰京を許された。

京を逃げ出し、帰京を求めた近衛前久。前久は当初考えていた足利義昭、織田信長を京から追い出すという目論《もくろ》みとは違った形ではあったが、無事に都へ戻り朝廷に復帰することが出来た。

ところで近衛前久と石山本願寺門跡顕如、顕如に仕えていた安休。この三人の直接的、間接的な関係は石山合戦の後に思わぬ形で復活する。三人の関係が紡いでいく歴史。その歴史の果ては、幕末明治へと繋がっていた。

第二部

幕末明治への流れを作った娘、武佐

第一章　安休《あんきゅう》の長女武佐《むさ》、近衛前子《このえさきこ》に従い宮中《きゅうちゅう》へ入る

元亀元年《げんきがんねん》（一五七〇）に一揆を起こした石山本願寺《いしやまほんがんじ》の門跡顕如《もんせきけんにょ》、その顕如に仕えていた安休房西周《あんきゅうぼうせいしゅう》。この年の末には織田家と一端和睦を行ったが、その後も抵抗を続けた。しかし状況は芳《かんば》しくなく、織田家は比叡山《ひえいざん》を皮切りに朝倉《あさくら》家、浅井《あさい》家と潰していく。頼るものが少なくなった顕如は、武田《たけだ》家や中国地方の毛利《もうり》家を巻き込みながら抗《あらが》い続けた。

安休は顕如の許にあり石山本願寺で、或いは一揆の指導を行うべく加賀国《かがのくに》（現在の石川県）へ赴《おもむ》き石山合戦を戦い抜く。

こうして一揆を起こして以来、十一年という歳月が流れていった。

天正《てんしょう》八年（一五八〇）。

正親町《おおぎまち》天皇の仲介により、石山本願寺と織田家との和議が成立した。和議が成立すると、顕如を始めとする門徒は石山本願寺を明け渡し、紀伊国鷺森《きいのくにさぎのもり》（現在の和歌山県鷺森別院）へと退去する。

ところが、この退去の直後に事故が起こる。

退去の直後、石山本願寺と寺内町は謎の出火により焼失している。退去直前に不満を持った僧や門

徒が火を付けたとも、織田家の兵が寺に入った際に松明《たいまつ》の火が移り出火した、とも言われている。

理由は定かではないが、石山本願寺も寺内町も灰となってこの世から消えた。生まれてから今日まで過ごしてきた場所を、顕如と安休とは失った。

十一年続いた石山合戦は、石山本願寺の焼失という形で幕を下ろした。

反対に織田信長《おだのぶなが》は石山本願寺を制圧し、畿内のほぼ全てを支配出来た。畿内を制した信長は、更なる領土拡大の為に侵攻を続ける。もはや天下は織田家のものになると、誰もが思った。

しかし天正十年（一五八二）。

天下を掴みかけた織田信長は、家臣の明智光秀により京の本能寺で自害に追い込まれた。この自害した織田信長に代わり天下人となるのが信長の家臣、羽柴秀吉《はしばひでよし》であった。

時代の中心は、織田信長から羽柴（豊臣《とよとみ》）秀吉へと代わる。

さて石山合戦で和睦がなされると、顕如は紀伊国鷺森へと退いた。更に紀伊国鷺森から和泉国にある貝塚道場《かいづかどうじょう》（現在の大阪府貝塚市）へ移り住む。

天正十三年（一五八五）。

天下を掌握《しょうあく》しつつあった羽柴秀吉は、顕如を貝塚道場から呼び戻し摂津国天満《せっつのくにてんま》に寄進地を与えている。顕如はその寄進地に天満本願寺《てんまほんがんじ》を創建した。

天正十四年（一五八六）、秋も終わり葉も落ち始めた頃。

顕如は出来たばかりの天満本願寺の回廊を歩いていた。

するとこ安休が一人で立っている。安休は背伸びして、回廊から一心に南側を遠望していた。顕如が傍《かたわら》までやって来たことにも気づかない。

「安休、何を見ている」

側で声を掛けられた安休が、驚いた声を上げた。

「門跡（顕如）」

声を上げた安休であったが、深々と礼をした後に再び見ていた方角を望む。

「あれを見ておりました」

あれ、と言われた顕如も安休の見ている先を眺める。

「ああ――。あれ、か」

遠望した顕如。感慨深く、安休に応えた。

天満本願寺の一角から、一つの風景が見える。

寺の南を流れている淀川（現在の大川、寝屋川）。その淀川の先を望むと天にも届かんばかりの巨城が建っている、大坂城である。

「私達は本当に、あの場所にいたのでしょうか」

安休と顕如にとって、大坂城はただの城ではない。いや石山本願寺に関わっていた全ての者にとって大坂城とは、石山合戦という時代の象徴であった。

大坂城の立っている場所。そこには約六年前まで寺院があった、石山本願寺である。顕如も安休もそこで育ち、生活し、戦った。そして石山本願寺は、石山合戦の終戦と共に焼失している。

その寺の跡地に、羽柴秀吉は大坂城を築城する。更に城の周辺を整備し城下町とした。安休が知っている石山本願寺や寺内町の風景は、何も残っていなかった。

「そうだな、何やら遠い日に見た夢のようだな」

表情を変えずに顕如は返す。過ぎたこととはいえ十一年間。十一年という歳月を、顕如は石山本願寺に籠《こも》り耐《た》え凌《しの》いだ。その耐えた結果が目の前に広がっている。石山本願寺は無く、大坂の地は織田家により取り上げられた。顕如の目に映る光景は望んでいたものではなかった。それだけに言い表せない感情が湧いてくる。

「しかも、あそこに住んでいるのは織田信長ではありません」

彼らを追い出した織田信長は、既にこの世にはいない。大坂城に住んでいるのは、信長の家臣であった羽柴秀吉である。争った相手が君臨していれば、悔しさも沸いてくるかも知れない。だが信長は自害に追いこまれ亡くなっている。

安休には過ぎてゆく時間と世の中の変化に付いていけず、呆然とするしかない。

「有為転変《ういてんぺん》」

顕如は安休を見ることもなく自嘲《じちよう》気味《ぎみ》に呟き始める。

「有為転変は人の世の習い、という。因縁《いんねん》（直接的、間接的な原因）で物事は動き、因果《いんが》（原因と結果）を重ね、留まることなく此の世は流れていく。その歴史の中で、人は栄枯盛衰を繰り返す――、そうだ」

有為転変は人の世の習い。

直接的、間接的な原因でこの世は動き始め、原因と結果を積み重ねながら止まることなく歴史は続いていくのが世の中だ、という意味である。更にこの言葉には、流れ続ける歴史の中で人は栄えては消えていく、という儚《はかな》さも含んでいる。

なるほど、織田信長も、それに抗した石山本願寺も歴史の中に飲み込まれるように無くなった。有為転変という顕如の言葉は、二人の気持ちを表しているようにも思える。

「人の世は儚いもののように思えますな」

そう呟く安休に、顕如は頷く。

「確かに人の世は儚いな」

だが顕如にはその儚さを認められない。認めれば、石山本願寺は歴史の中に飲み込まれただけの存在になる。

――我々は十一年戦った。そして今も、こうして仏に仕えておる。

自ら出した言葉を振り払うかのように、今度は頭《かぶり》を振《ふ》った。

「しかし儚い人の世で精一杯生きるのも人であると思う。儂は懸命に生きる人というものを愛《いと》おしく思う」

顕如はそう言いながら、安休を見た。

「安休。お前も儚く過ぎていく時を歩みながら、人の親となったではないか」

安休と顕如とが一揆を起こしたのが二十代後半。そこから十一年続いた石山合戦、更に石山本願寺を退去してから六年の歳月が流れている。安休も顕如も既に四十を超える年齢となっていた。この間、安休は一男四女の父となっている。

「子は皆、息災《そくさい》に過ごしているか」

「御蔭《おかげ》をもちまして。皆、元気に過ごしています」

「上の娘はなかなかしっかりしているな、今年幾つになる」

「十六になります。親の私から見ても、利発に育ったと思います」

そう同意した後に、安休は少し照れて付け足した。

「親の贔屓目《ひいきめ》――、とでも笑ってください」

照れている安休を見て、顕如も目だけは笑って返した。

十一年に及ぶ石山合戦は終わり、石山本願寺も失ったが、僧としての日常は戻ってきた。彼らも平穏な生活を送り始めている。

顕如は再び大坂城に目をやる。二人並んで城を眺めた。

「それにしても――、馬鹿でかい城だな」

「如何にも。住んでいる城主が誇示せんばかりの城ですな」

「その城主、羽柴秀吉は朝廷から姓を賜ったそうだ」

この天正十四年(一五八六)、羽柴秀吉は朝廷から豊臣という姓を与えられた、豊臣秀吉である。

「昨年、関白にもなったとか」

「関白豊臣秀吉、様だ」

「かつては織田信長の家臣であった男が。改めて、恐ろしい世の中ですな」

「まったくな。そういえば、関白と言えば」

顕如は思い出したかのように呟き、再度安休を見た。

「実は、お前に相談したい話があった」

「何でございましょう」

天満本願寺に移って以来、大きな変事も起こっていない。顕如から何か相談を受けるような話を、安休には思いつかない。

「関白様を覚えているか」

顕如と安休との間で語られる「関白様」と言えば、関白豊臣秀吉ではない。

「近衛前久《このえさきひさ》様ですな」

かつて足利義昭と反目し顕如に助力を求めた、近衛前久である。

前久はその後、反織田勢力から身を引き織田信長に許され京へ戻っている。そして織田家と石山本願寺との和睦の際には尽力した。

京へ戻る為に奔走《ほんそう》した近衛前久、石山本願寺で一揆を起こした顕如、顕如に仕える安休。元亀元年から起こった戦いを通して直接的、間接的な係わりを持った三人の関係であったが、表面上は終わったかに見えた。安休も久しく忘れていた名である。

「そうだ、近衛前久様だ。前久様には娘がおられる。前子《さきこ》様という」

追放されていた近衛前久が許されて、京へ戻ることが出来たのが天正三年（一五七五）。京に戻った同じ年に生まれたのが、娘の前子である。

「その前子様が、即位されたばかりの帝（後陽成天皇）に女御として入られる」

この天正十四年（一五八六）。正親町天皇は退位され、孫の後陽成《ごようぜい》天皇が即位された。

そして関白となった豊臣秀吉は近衛前子を猶子《ゆうし》とし、前子は即位したばかりの後陽成天皇の女御《にょご》（后の位）として宮中に入ることになった。近衛前子、十一歳。後の中和門院《ちゅうかもんいん》である。

「そこで前子様に付き従う女房侍女《にょうぼうじじょ》に適した娘はいないか、と近衛前久様から相談を受けた」

幼い娘が宮中へ入ることになり、近衛前久は娘に仕える女房侍女を求めた。顕如も前久から相談を受けたようである。

「適当な娘が何人か頭に浮かんだが――」

そう言ってから顕如は探る様に安休を見る。

「安休。お前の上の娘が一番良いように思う、どうか」

問われて安休は驚いた。

宮中に入れば、それまでの生活と全く異なった世界に身を置かねばならない。相応《そうおう》の仕来《しきた》りや風《ふう》習《しゅう》も覚えねばならないので、並みの娘では務まらない。

「どうか、と言われても身に余る話です」

親の安休としては、迂闊《うかつ》に返答出来るような話ではない。

「前子様は十一歳、お前（安休）の娘は十六歳。宮中に入り、前子様に仕えてお助けするには良い年齢だと思う」

確かにそう言われれば、そうとも思う。幼い前子に仕えて、身の回りの世話や話し相手となるなら釣り合った年齢ではあろう。

思い悩んでいる安休に、顕如は続ける。

「それに、今も言ったがお前の上の娘は良く出来ている。務まろう」

何万人という門徒の上に立ち、人々を見てきた顕如がそう後押しする。

困惑している安休であったが、一番上の娘なら何処に行ってもやっていけるような気がした。

――親の贔屓目といったが、あの娘はしっかりしている。やりおおせよう。

何より大変名誉に思う。娘の人生にも大きく役立つかも知れない。

だが迂闊《うかつ》に返答が出来る話でもない。

「なんとも恐れ多い話です」

「そうか、恐れ多いか」

顕如は少し考えて続けた。

「そうだな、おいそれとは答えられん話だな。では少し考えてみてくれ」

顕如はそう言い残し、安休の側から離れた。


それから数日が経つ。

安休は部屋に長女だけを呼び、顕如からの打診を伝えた。

「私が宮中に入り、お仕えするのですか」

聞かされた安休の長女は驚いた。

「門跡様からはそう言われている。どう思う」

「どう思うも何も、急に言われましても困ります」

長女も突然の話で返答に困る。いきなり宮中で勤めろ、と言われても雲をつかむような話である。

頬《ほお》に手を当て、長女は暫《しばら》く考える。それを見て、安休は腕を組みながら語る。

「なんとも大層な話で迷うと思うが」

安休もまだ悩んでいるのだろう、話していると眉間《みけん》に皺《しわ》が寄ってくる。

「門跡様は幾人かの候補を考えた、と仰《おつしや》っていた。きっと才豊かな者達なのだろう」

聞いているのかいないのか、長女は二度三度頷く。

「その中で、お前を見込んで白羽の矢を立てられた。これは名誉なことだと思う」

やはりうわの空で、長女は二、三度頷く。

「お前なら遣《や》りおおせるだろう、とも門跡様は仰っていた。だから――」

ところが安休の話の途中で合点がいったのだろうか、長女が頷いた後に答えた。

「分かりました、宮中で近衛様にお仕えします」

「大丈夫なのか」

即答した長女に安休は驚く。

「父様《とうさま》、そもそも門跡様の御命《ごめい》でしょ。断りなど出来ないですよね」

「確かに御命であるからな」

「では、思い悩んでいても仕方のないことなのでは」

「しかし宮中に仕えるのだぞ。怖くないのか」

問われて又、暫らく考える。考えて再び合点がいったのか、頷きながら返した。

「確かに怖くはあります。ですが戦さに比べればなんということもないでしょう」

そう返されるとは思っていなかった安休は驚いたが、頷いて返す。

「確かにそうかも知れんな」

安休の長女が生まれたのは元亀二年（一五七一）とされる。長女は生まれてから十年間、石山合戦の中で成長した。戦さというものを生活の一部として育った。

「織田の者どもの顔も恐ろしかったですし、父様《とうさま》の顔も恐ろしゅうございました」

「一揆を起こしていた頃は皆、殺気立っておったからな。そうか、儂も恐ろし気な顔をしておったか」

「はい、今の父様からは考えられぬような顔をしておりました。それに比べれば、京へ行くことなど。まさか取って食べられる訳ではないでしょ」

「まぁ、命は取られぬはずだ」

娘の言葉に、苦笑いする安休。

「ただ皆のことだけが気掛かりです。私がいなくなっても大丈夫でしょうか」

「大丈夫だろう。少なくとも儂は大丈夫だよ」

そこで頬に手を置いて、長女は小さな溜息をついた。

「その大丈夫と言われる父様が心配なのです」

そう言った後に、可笑しそうに笑う。娘なりに、心配している父への気遣《きづか》いなのだろう。

「何をいう、儂はまだまだ大丈夫だ」

安休は憤然としながら返した。

そんな話をしている二人に、女児《にょじ》の声が聞こえる。

「姉様、どこかに行くの」

不安そうな女児が顔だけ覗《のぞ》かせ聞いてきた。安休の次女感《かん》である。

「感、向こうへ行ってなさい。姉様は大事な話をしている」

安休が感を追い払おうとする。ところが長女が妹を呼び止める。

「感、私は門跡様の命により京に上らねばならぬようです」

覗いている感の目が大きくなる。驚いている妹に長女が優しく言い足した。

「私がいなくなれば、父様や皆をよろしく頼むわね」

事情も分からぬまま、感は何度も頷いている。そんな頷いている感に、長女は悪戯《いたずら》っぽく笑って更に付け足した。

「なにせ父様は私達がいなければ何も出来ませぬ。父様の手を取って、しっかりお助けするのですよ」

言われて安休は何度も首を振った。

——まったく誰に似たのやら。

こうして安休の長女は近衛前子に仕え、女房侍女の一人として宮中に入った。

安休の長女武佐《むさ》。

「武佐」と言ったが、武佐という名は最晩年に名乗った名前で、元々の名は不詳である（便宜上、この物語では武佐と呼ぶ）。武佐という娘は、よほど聡明な女性であったようだ。それは宮中に入り、「侍従《じじゅう》」という呼び名で呼ばれ始めた時から表れている。

近衛前子に従って宮中に入り、侍従という呼び名で勤め始めた武佐。

武佐は前子の話し相手として、また時として後陽成天皇の前で話をした。その前子や後陽成天皇に語る話が余りに面白かった。そこで話し上手な武佐に対して、後陽成天皇が戯《たわむ》れに「夜話《よばな》しの侍従《じじゅう》」と呼ばれ始めた。平家物語《へいけものがたり》に登場する「待宵《まちよい》の小侍従《こじじゅう》」になぞらえて付けたあだ名である。このように後陽成天皇に揶揄《からか》われながらも「夜話しの侍従」と呼ばれたのは、周りの女房侍女に比べて抜きん出た女性であったに違いない。

顕如や安休が見込んだ通り、武佐は宮中において滞《とどこお》りなく勤め始めた。

更に宮中に入った武佐は、この前後に婚姻《こんいん》も行っている。相手は播磨国《はりまのくに》美嚢郡《みのうぐん》三木《みき》（現在の兵庫県三木市など）にあった寺の住職寂然《じゃくねん》の次男である。

寂然の治めた寺は、石山本願寺と関係が深い。石山本願寺に連なる播磨地方の寺々の内、雑務を行う番衆《ばんしゅう》（人）や物資、資金を提供出来る有力な寺を「播磨六坊《はりまろくぼう》」と呼んだ。寂然の治めていた寺は、播磨六坊の一つで、主に番衆等を提供していた。

武佐はその寂然の次男、三木之次《みきゆきつぐ》（通称、仁兵衛《にへえ》）と婚姻を結び、娘達を産んでいる。そして娘達を育てながら宮中において、後陽成天皇や近衛前子に仕え続けた。

武佐は三木之次と共に、ここから数奇な人生を歩んでいく。

さて武佐が宮中に入り近衛前子や後陽成天皇に仕えた翌年、天正十五年（一五八七）。長女を宮中に送り出した安休であったが、自身も転機を迎える。

南近江に祐尊《ゆうそん》という僧がいた。祐尊が治める寺は顕如の父、石山本願寺住職であった証如《しょうにょ》の時代には直参格として扱われた寺でもある。この祐尊には寺を継ぐべき跡取りがいなかった。そこで祐尊は顕如に対して、寺の跡取りを紹介して欲しいと頼む。顕如は安休に命じて近江国に下らせ、祐尊が治めていた寺を継がせることにした。

ここに石山本願寺において一緒に育った顕如と安休は、別れた。

安休房西周はこの年、南近江にある寺の住職となる。

ところが安休が南近江の寺の生活に馴染み落ち着いた頃。

「なんということだ」

南近江の寺にいた安休の許へ驚くべき知らせが届く。

文禄元年《ぶんろくがんねん》（一五九二）、顕如が京において亡くなる、五十歳で示寂《しじゃく》。

その前年の天正十九年（一五九一）、豊臣秀吉から京の七条堀川《しちじょうほりかわ》に新たな寺地を与えられ、天満本願寺から移ったばかりであった。

それから六年後の慶長《けいちょう》三年（一五九八）、豊臣秀吉もまた伏見城において亡くなった。

秀吉が亡くなると、武家のうち最高位の内大臣《ないだいじん》にあった徳川家康《とくがわいえやす》が、主導権を握っていく。その家康に対して、秀吉子飼いの奉行、石田三成《いしだみつなり》が歯向かう。

慶長五年（一六〇〇）。

徳川家康は石田三成と関ヶ原《せきがはら》で激突、三成ら反徳川の勢力を駆逐した。ここから徳川家による統治が始まる。

足利義昭を擁立し、覇権の足掛かりを掴んだ織田信長。

その信長が倒れ、手からこぼれた天下を掴んだ豊臣秀吉。

そして秀吉が亡くなり、天下人の座が徳川家康の前へ廻ってきた。

室町時代から織田、豊臣の世と続き、今度は徳川家が治める世界、江戸時代へと入る。

第二章　安休の次女感《かん》、水戸徳川家藩祖《みとくがわけはんそ》、徳川頼房《とくがわよりふさ》の乳母《うば》となる

慶長《けいちょう》五年（一六〇〇）。

関ケ原の戦いで勝った徳川家は、豊臣家に取って代わる。

慶長八年（一六〇三）。

徳川家康は、征夷大将軍《せいいたいしょうぐん》に任じられた。

さて家康が将軍となった同じ年、南近江で寺の住職をしている安休。安休は北近江（現在の滋賀県北部）へと出掛けた。北近江には、安休の次女感《かん》の嫁いでいる寺がある。その寺へ、ぐるりと琵琶湖を半周し訪れた。

寺を訪れると感の子供達が出迎えてくれる。安休も齢《よわい》六十を超えている、孫を持つ身となっていた。感の息子三人が、寺の境内《けいだい》で遊んでいる。それを安休と感が、腰を掛けて見ている。感の腕には生まれたばかりの四男小坊《こぼう》が眠っていた。

その寝ている小坊の鼻に人差し指を当て、安休は鼻をくすぐる。

「この子はよう寝る子じゃな」

くすぐられても小坊は起きない。

「先程までは火の付いたように泣いておりましたから。よう泣く子です」

感は小坊をあやすのに苦労した、と言わんばかりである。

「よう泣く子の方が、元気があって良いわ」

安休も出来たばかりの新しい孫が可愛い。

そこから娘と二人で小坊の顔を見ていたが、探る様に尋ねた。

「少しは落ち着いたか」

「おかげさまで」

安休は小坊から、寺の境内で遊んでいる三人の孫達に目をやる。

「上の子供達も大丈夫か」

「健気《けなげ》な子達です。気丈《きじょう》に見せています」

前年の話である。感の夫、受珍《じゅちん》が亡くなった。

話が少し逸れる。安休が石山本願寺に仕え、石山合戦を戦っていた時代。

北近江に受珍という僧がいた。石山本願寺に連なる寺の住職であった受珍は、寺にあった親鸞《しんらん》の御《ご》真影《しんえい》を戦災から守り通し、顕如からも覚えの良かった僧である。この受珍は自ら兜を被り、十年以上に及ぶ石山合戦を戦ったという。

その受珍の許へ安休の次女感が嫁いでいる。そして受珍と感との間に、四人の男子が生まれた。ところが受珍は妻と子達を残し、慶長七年（一六〇二）に亡くなる。末子の小坊が生まれて間もない話である。

夫を亡くした娘を、安休は哀《あわ》れでならない。

「まずは体を労《いたわ》ることだ。後々のことは、どうにかなる」

そう安休が力強く励まし、感も頷く。

それからしばらくの間、寺の境内で遊んでいる子達を安休と感が眺めていた。一人が追いかけ、二人が逃げる。そんな遊びを安休の孫達は繰り返している。

眺めていたが、再び安休が探る様に尋ねる。

「先程『後々のことは』と言ったが――、話は聞いているか」

聞かれて、感が頷いた。頷いているのを確認して、安休は話を続ける。

「徳川様(徳川家康)は征夷大将軍となられた。その将軍様にお子が出来た。鶴千代丸《つるちよまる》様というそうだ」

徳川家康が征夷大将軍となった慶長八年(一六〇三)。同じ年、伏見城において家康の男子が誕生した。家康の十一男鶴千代丸、後の水戸徳川家藩祖、徳川頼房《とくがわよりふさ》である。

「この鶴千代丸様の乳母にならんか、と徳川家は言ってきた」

徳川家は鶴千代丸が生まれると、夫を亡くしたばかりの感に乳母とならないか、と打診をしてきた。

「急にそのような話をされても、困ります」

降ってわいたような話である。

「なぜ私なのでしょう」

武家の家の乳母は、武家の家に生まれた女性が一般的に選ばれる。

――自分（感）は武家の家に生まれた訳ではない。又、門跡寺院《もんせきじいん》などの大寺院の娘である訳でもない。北近江の寺の、それも前年に夫を亡くした妻である。それを何故《なにゆえ》か。

言われた感は当惑するしかない。

なぜ安休の次女感が、徳川家康の十一男鶴千代丸（徳川頼房）の乳母に選ばれたか。

腕を組んで、安休も首を捻《ひね》る。

「そうさなぁ、なぜと問われれば弱るなあ」

剃った頭を叩きながら、安休も困った顔をしている。

安休も打診の理由が分からなかった。話を聞いた後、独《ひと》り言《ごと》を呟《つぶや》きながら何日も考えた。

感を徳川家康の十一男鶴千代丸の乳母にどうか、と打診を受けた後。まず安休が考えたのは、感が四人の子の母だ、という点であった。

「まぁ、感は四人の子を産んでいる。『乳母に』と言われれば『そうか』とも思う」

子を育てる為には、母乳《ぼにゅう》を必要とする。その乳《ちち》の出の良い女性は、子を多く生んだ女性と考えられていた。そこで乳母《うば》を探す場合、子の多い女性が望まれていたらしい。感は四人の子を産んでいる。乳母に、と望まれる条件ではある。

ところで、ここからが安休も首を捻る。打診をしてきたのが徳川家であった。

「徳川――。徳川という家とは、馴染《なじ》みがない。馴染みがないどころか、今日の今日まで関わったことすらない。それが何故、娘の感に乳母とならんか、と言ってきたのだろう」

乳母に選ばれれば、仕えている赤子の養育にも携わる。教養も人格も問われる。

「まぁ、教養や人柄は相手が選ぶこと故、分からん。向こう（徳川家）が『是非に』と言えば、そこは徳川家も良かったのだろうな」

それ以上に、家柄などの身辺調査が行われる。感が調べられれば、感の父である安休や亡くなった夫の受珍など、家族も調べられたであろう。

「もはや関わらないと思ったが――。儂（安休）が浅井家に所縁《ゆかり》のある人間だからか」

安休は浅井久政《あさいひさまさ》の庶子《しょし》である。徳川秀忠《とくがわひでただ》の妻小督《おごう》や豊臣秀頼《とよとみひでより》の母淀君《よどぎみ》。この姉妹は久政の嫡男、安休から見ると弟に当たる浅井長政の娘達であるから、安休とは叔父姪《おじめい》、安休の娘感とは従妹《いとこ》関係となる。血縁だけを見れば、安休は徳川家や豊臣家と姻戚関係にはある。

しかし安休は、生まれた時には浅井家を出ている。仮に安休の出生の話が徳川家に漏れたとしても（多分にその可能性は高いが）、安休自身は一介の寺の住職である。姻戚関係にあったとしても価値を見出せないので理由とはならない気がする。

「では儂や受珍（亡くなった感の夫）が本願寺に関係した人間だからか」

安休は石山本願寺で顕如に仕え、受珍は石山本願寺に連なる寺の住職であった。だが仕えていた顕如は亡くなり、石山本願寺は焼失した。顕如が亡くなり代替わりしたので、京にある本願寺の機密に関わっている訳でもない。本願寺に所縁がある人間だから、とは理由にならない気がする。

理由が見当たらない。そう、徳川家が感を指名して乳母にするだけの理由がない。

ところが安休には、思い当たる話があった。

「これだけ理由がないとなれば、感を乳母に望んできたのはアレしかない」

数日かけて安休は一つの結論に辿り着いた。

「当然、お前の人柄や教養を調べた上の話なのであろうが」

感が嫌な顔をする。知らない所で自らが調べられている。気持ちの良い話ではない。

「その調べた中に、お前の姉様（安休の長女、武佐）の話も入っておったのやも知れぬ」

感が驚いて、声を上げた。

「姉様」

安休の長女武佐は天正十四年（一五八六）近衛前子に従い、宮中に入っている。

「お前の姉様は、恐れ多くも帝や前子様の側近くに仕えている。仕えて何年になる」

「およそ十五年以上になりましょうか」

後陽成天皇から夜話しの侍従と呼ばれながら、武佐は宮中で十五年以上を過ごしていた。

「そこでだ。そこでもし、お前が乳母となり伏見城に入ったとする。そうすれば伏見城の徳川家に仕える妹のお前（安休の次女感）」

そう言いながら安休は右腕を前に出す。

「都の宮中において、帝の側近くに仕えているお前の姉様（安休の長女武佐）」

そう言いながら、今度は左腕を前に出す。

「この姉妹が、徳川と宮中とで仕えたらどうなる」

安休から「どうなる」と尋ねられても感には分からない。困った顔をしている。

「もしお前達姉妹が徳川と宮中とで仕えれば、そこに繋がりが出来る。徳川家にしたら宮中や朝廷の探りを入れやすくなるし、下交渉をしやすくなる」

そう言って突き出していた両の手を握る。

「それに内々にだが。お前が乳母となれば、お前の兄（安休の長男、後の岡崎内記利忠《おかざきだいきとしただ》）や仁兵衛殿（武佐の夫、三木之次）、仁兵衛殿の御身内（三木之次の親族）を扶持《ふち》したいと言ってきておる」

武家の乳母となり赤子に仕えると、年の近い乳母の子は乳母子《めのとご》となる。乳母子は終生、乳母が育てた赤子に仕えなければならない。また乳母の一族は、仕えた赤子を総出で盛り立てねばならない。

つまり徳川家の十一男鶴千代丸の乳母になる、ということは感と感の身内が鶴千代丸を盛り立てていかねばならない。その為に徳川家は感の身内を家臣として取り立てる、と言ってきている。

「お前や仁兵衛殿が伏見におれば、宮中にいる武佐とも話がしやすかろう。これから世を統べる徳川家も朝廷との話がしやすくなる、と思ったのかも知れん」

繋いでいる安休の両の手を、感は呆然と見ている。

「話が、話が大きすぎます」

驚きながら話す感を見て、安休が苦笑いする。

「ま、そんな繋がりを徳川はいたる所に作ろうとしておるのやも知れんな」

言いながら繋いでいた両の手を離すと、剃っている頭に右手を添え、撫《な》でる。

安休も無駄に年を重ねてきた訳ではない。石山合戦を乗り越え、織田、豊臣の世も見てきている。

人並み以上には、世間の裏というものを見てきた人間だ。

「それに――」

そう言いかけて安休は口をつぐんだ。感はまだ呆然としている。その為、口に出す話ではないように思えた。

――それに武佐が帝や近衛前子様の側近くに仕えている点に、徳川家が価値を見出したのなら。さしたる理由とは思えなかった血縁上とはいえ姻戚関係にあることや、儂や受珍が石山本願寺に関係していた話にも、徳川家は価値を見出したのかも知れん。

安休はそう思ったが、感の呆然とした顔を見て、取《と》り繕《つくろ》うように言い直した。

「それに徳川家もそこまで真剣には考えてはおらんかも知れん。娘を思うと、儂も要らんことを考える。何せ儂はお前達や孫達が可愛いからな」

そう言った後、誤魔化すように笑った。

ところがその笑いにつられて感の腕に抱かれていた小坊が起きて、泣きだした。感はあやす為に立ち上がり、境内で遊んでいる子供達の所へ行こうとする。

「お前を見込んで、徳川家は頼んできた。そう思って、ゆっくりお考え」

感の背中に向かって、安休は励ました。

この年、安休の次女感は徳川家から望まれて、鶴千代丸の乳母となった。乳母となった感は四人の子を連れ伏見城に入る。

伏見城に入った感は徳川家康から「岡崎《おかざき》」という呼び名を与えられる。岡崎と言えば、徳川家康の生誕の地、三河国岡崎《みかわのくにおかざき》の名である。天下人の生誕の地の名前を乳母に対して与える。格別な扱いを感は受けた。

その岡崎となった感。勤め始めて直ぐに、末子《まっし》の小坊《こぼう》を連れ、家康の許へ来るように呼ばれる。

鶴千代丸を抱いた家康が上座に座る。

小坊を抱いた岡崎が下座に座る。

この時、岡崎の他に下座に座っていたのは子供達ばかり。伊藤友玄《いとうともはる》、沼間清許《ぬまきよもと》、富田知幸《とみたともゆき》などである。

その少年達を前に、家康が命じた。

「そち達に命ずる。鶴千代丸の側に詰め、忠勤に励め」

鶴千代丸、後の徳川頼房の最初の家臣達である。この小坊も含めた少年達が、鶴千代丸の小姓として仕え始めた。

「更に小坊」

小坊を抱いている岡崎は、少し前に折れ小坊と拝聴する姿勢をとる。

「小坊、そちは鶴千代丸の乳母子となる。いつまでも小坊という訳にはいくまい。本日より熊之介《くまのすけ》と名乗るがよい」

感の四人の子供のうち、鶴千代丸の乳母子となる末子の小坊は、家康より「熊之介」という名を新たに与えられた。それに伴い、幼い熊之介には一千石を与え身分を保証している。ただ熊之介は生まれて間もない。そこで兄達が陣代《じんだい》となり頼房に仕えた。この乳母子となった熊之介は、成長すると岡《おか》崎綱住《ざきつなずみ》と名乗る。徳川頼房（鶴千代丸）の家臣となり、水戸徳川家大番頭《おおばんがしら》となった。

そして南近江の寺で住職をしている安休。

次女の感が徳川家に仕えて「岡崎」と呼ばれるようになり、孫の小坊（熊之介）が後年、岡崎姓を名乗ったので、安休も岡崎姓で呼ばれるようになった。安休房西周の房号「安休」より、岡崎安休《おかざきあんきゅう》と呼ばれる。昭和の初めに作成された『高島郡誌《たかしまぐんし》』には、安休が徳川家康に近侍《きんじ》して葵紋《あおいもん》（徳川家家紋）を拝領した、と書かれているがこの頃の話ではないだろうか。

翌、慶長九年（一六〇四）。

安休の長女、宮中では夜話しの侍従と呼ばれている武佐であるが、その武佐の夫、三木之次も徳川家に仕える。ただし武佐は引き続き宮中で後陽成天皇や近衛前子に仕えた。この他、安休の長男である岡崎内記利忠や三木之次の一族も鶴千代丸に仕えている。


慶長九年（一六〇四）。

南近江の寺で住職を務める安休。

その安休の長女で、宮中に務める武佐。

そして安休の次女感は岡崎と呼ばれ、伏見城で徳川家康の十一男鶴千代丸の乳母として仕える。

更に安休の親族は岡崎の縁者として、総出で徳川家に仕え始めた。

第三章　安休の長女武佐、妹の岡崎の後を受け頼房を養育《よういく》す

慶長十年（一六〇五）。

征夷大将軍であった徳川家康は、その職を三男の徳川秀忠に譲る。将軍職を世襲することで、徳川家の天下が揺るぎないことを示した。

さてこの年、伏見城の中にある御殿。

鶴千代丸の乳母である岡崎（感）が廊下を歩いていると、呼び止められた。

「岡崎殿」

「これは、これは仁兵衛様」

仁兵衛様、とは安休の長女武佐の夫、三木之次である。岡崎から見れば義理の兄に当たる。

「岡崎殿、名前にも慣れたようですな」

安休の次女感は岡崎となって二年が経った。最初は「岡崎」と呼ばれて戸惑っていたが、ようやく名前を呼ばれても違和感なく応えられるようになった。

「お蔭様で。仁兵衛様もお城務めに慣れたご様子で」

言われた之次は苦笑いを浮かべる。

三木之次を始めとした安休の親族は前年、慶長九年（一六〇四）に岡崎の縁者として徳川家康に扶持され、鶴千代丸付きになった。

「まだまだ教えを乞う側の若輩《じゃくはい》です」

若輩と言った之次であったが、この年三十になろうとしている。

「それなら私も同じです。右も左も分かりません」

そう言って岡崎は笑っている。

之次は再び苦笑いを返す。勤めになれない新人同士である。

その苦笑いをしている之次に、笑っている岡崎が声を潜めた。

「それでは仁兵衛様に、良い事をお教えしましょう」

「なんでしょう」

「仁兵衛様は、鶴千代丸様からも大御所様（徳川家康）からも信《しん》が篤《あつ》く、良《よ》く励《はげ》んでいると専《もっぱ》らの噂です。私も鼻が高うございます」

「そんな噂が出ておりましたか」

言われた之次が、今度は照れて頭を掻《か》いている。過大評価なように思うが、言われて悪い気のしない噂話である。

照れている之次に、岡崎が低めていた声を戻す。

「仁兵衛様は、大御所様（徳川家康）に御用が」

「はい、拝謁《はいえつ》し御指示を受けた帰りです」

そこで今度は、之次が声を潜める。

「それでは岡崎殿にも、良い事をお教えしましょう」

「なんでしょう」

「先程、大御所様に言われたのですが」

一度辺りを見た之次は、手で自らの口元を隠す。

「大御所様は、鶴千代丸様に領地を与えると仰せになられました」

将軍職を秀忠に譲った同じ年。

徳川家康は幼い鶴千代丸に、常陸国下妻《ひたちのくにしもづま》（現在の茨城県下妻市）十万石を与えた。鶴千代丸、後の徳川頼房の初めての領地である。

「そこで来年には下妻へ赴き、知行割《ちぎょうわり》を行うよう御指示を頂いたところです」

翌慶長十一年（一六〇六）、三木之次は家康の命を受けて下妻へと赴《おもむ》く。下妻へと出掛けた之次は、頼房の初めての知行割（領地を家臣に分け与えること）を行っている。頼房を当主とし、土地を家臣に分け与えて主従関係が成立する。頼房を主人とした家臣団の形成がここから始まる。

「いよいよ鶴千代丸様も大御所様から別れ一家《いっけ》を築きなされる。今まで以上に我らも励まねば」

岡崎は嬉しそうに頷いた。乳母とはいえ、育てている子が立派に成長していく。嬉しくないはずがない。岡崎や三木之次など安休の一族にも支えられ、鶴千代丸は成長していく。

更に家康が将軍職を譲った二年後。

慶長十二年（一六〇七）二月。

それまで伏見城で暮らしていた徳川家康は、駿府城《すんぷじょう》（現在の静岡市にある城）へ移り住む。家康と一緒に暮らしていた家族も駿府城へと引っ越した。この家族の中には、鶴千代丸や乳母の岡崎もいた。ところが人の定めは分からない。

同年十一月。

移り住んだばかりの駿府城が失火により焼失する。出火した火は、城に隣接する家康家族の御殿にも及んだ。乳母の岡崎は、火が近付いてきたので鶴千代丸を抱えて逃げ出す。だが火の勢いは衰えない。岡崎が火を恐れ躊躇《ちゅうちょ》している所へ、同じく逃げようとしていた石川重之《いしかわしげゆき》（後に詩人として名を馳せる石川丈山《いしかわじょうざん》）がその声を聞いて、助け出す。

これにより岡崎も鶴千代丸も、難を逃れ助かった。

しかし駿府城の火事で、心労が祟《たた》ったのかも知れない。翌月、安休の次女岡崎は病死する。頼房に仕えて五年目であった。

鶴千代丸の乳母として召された安休の次女感。感は岡崎という名を与えられ、鶴千代丸の養育に携わった。その岡崎が亡くなった。

鶴千代丸は乳母を亡くして、深く悲しんだという。

ところが徳川家は、安休の家によほど未練があったのであろうか。

病で亡くなった岡崎の後を、朝廷に仕え「夜話しの侍従」と呼ばれていた安休の長女武佐が、養育係として仕える。

この武佐が岡崎の後を引き継ぐ事情について、明治時代に編纂された『水戸歴世譚《みとれきせいたん》』に記されている。『水戸歴世譚』とは歴代の水戸徳川家の藩主について編纂された書である。その最初は武佐に関して書かれている。

――乳母《うば》（感、後名の岡崎）死《し》するや、公《こう》（鶴千代丸）旦夕哀慕《たんせきあいぼ》し給《たま》う、神君《しんくん》（徳川家康）侍従《じじゅう》（武佐）が容貌《ようぼう》、乳母に相似《あいに》たるを以《も》って、侍従を付属《ふぞく》せしめんことを願《ねが》い給《たま》う、故《ゆえ》に、勅許《ちょっきょ》ありて、駿府《すんぷ》に下《くだ》し給《たま》う、後名《こうめい》を武佐《むさ》と改《あらた》む、武佐は、岡崎安休が女《おんな》（娘）也《なり》――。

おおよその意味は、次のようになる。

鶴千代丸は、乳母の岡崎が亡くなり深く悲しんだ。鶴千代丸の父である家康は、朝廷に仕えている武佐の容貌《ようぼう》が亡くなった岡崎に似ていると聞いて、後陽成天皇に頼み込み、武佐を譲り受けた。武佐は岡崎安休の娘である。

鶴千代丸が亡くなった乳母の岡崎を恋しがり、似ている姉の武佐を宮中から譲り受け養育係とした。なるほど有りそうな話である。有りそうな話ではあるが。

我が子をあやす為だけに、天下人たる徳川家康が後陽成天皇に頼み込み、武佐を譲り受けたのであろうか。情景が微笑ましくもあり、滑稽に過ぎるようにも思える。

確かに鶴千代丸をあやすのも目的であったのかも知れない。だが徳川家が武佐を招聘《しょうへい》したのには、それなりの理由があったように思う。

なぜ徳川家は夫を亡くしたばかりの妹の感を乳母として召し、岡崎としたのか。

なぜ岡崎が亡くなると、今度は宮中に仕える姉の武佐を養育係として招いたのか。

この二つの疑問に答える手掛かりが、十二年後に起こる。十二年後、徳川家と宮中とが対立した事件。その事件に武佐が関与した節《ふし》があった。


鶴千代丸の乳母岡崎が亡くなり、岡崎の後を受けて武佐が養育係となった約十二年後。元和《げんな》六年（一六二〇）。

徳川秀忠の娘和子《まさこ》が、後水尾《ごみずのお》天皇の女御《にょご》（妃の位）となり入内した。

徳川和子、後の東福門院《とうふくもんいん》。明正《めいせい》天皇の母である。

ところがこの婚姻は、徳川家が強引に進めた話であった。娘を送り出す秀忠の妻小督《おごう》の心配は尽きない。その小督が徳川頼房（鶴千代丸）の養育係である武佐に語り掛ける。

「侍従殿（武佐）、侍従殿、この婚姻、本当に大丈夫か」

なぜ頼房の養育係でしかない武佐が、和子の母小督から尋ねられるのか。

武佐は浅井久政の庶子、安休の娘である。

小督は浅井久政の嫡男、浅井長政の娘である。

よって武佐と小督とは血縁上、従妹《いとこ》になる。そして小督の娘、后として入内する徳川和子は武佐から見ると従妹小督の娘、従姪《じゅうてつ》となる。

その一方。

和子を迎える後水尾天皇は、武佐が長く仕えてきた後陽成天皇と近衛前子との間の第三皇子(三宮)である。文禄五年(一五九六)に誕生した後水尾天皇は、近衛前子に仕えていた武佐とは宮中において会っていたに違いない。

武佐は婚姻を結ぼうとする両家。

徳川和子を嫁に出す徳川家とは血縁上姻戚関係に当たる。

徳川和子を迎える後水尾天皇とは旧仕え先の皇子となる。

武佐は両家と深い関係にある。その関係が深い武佐に、小督は続けて愚痴を吐いた。武佐は聞き続けるしかない。

「六年前に和子の入内が決まって以来、延び延びとなっていたのは致《いた》し方《かた》ない」

慶長十七年(一六一二)後陽成天皇が退位し、第三皇子である後水尾天皇が即位した。

この即位した後水尾天皇に徳川家康は、孫の和子の入内(婚姻)を申し入れ、慶長十九年(一六一四)に後水尾天皇は受諾する。

ところがその後、大坂の陣で豊臣家が滅び、徳川家康の死去、後陽成天皇の崩御《ほうぎょ》と続いて和子の入内話は延期される。

「その延び延びとなっている間に、帝の皇子《おうじ》皇女《こうじょ》が誕生なされた」

和子の入内が延期となっている間に、後水尾天皇は側近くの女官との間に皇子と皇女とを儲けている。もちろん徳川和子入内の話が生きているにも関わらず、である。

「それを上様（徳川秀忠）は無理に処理された。あれでは宮中に入る和子も肩身が狭かろう」

娘（和子）の入内を進めていた徳川秀忠はこの後水尾天皇の皇子、皇女の誕生を知り激怒する。これから娘を送り出す父親にしたら、当然かも知れない。自ら上洛すると朝廷に参内。件の女官、皇子、皇女、その関係者、天皇の近臣に至るまで追放、出仕停止処分とした。徳川秀忠は朝廷や天皇の周りに大きく介入した。

この徳川秀忠の介入には後水尾天皇も憤慨、一時は自ら退位するとまで言われた。それを秀忠の使者として謁見した藤堂高虎《とうどうたかとら》が押《お》し止《と》め、秀忠の意向を呑ませた。ちなみに和子の入内が叶《かな》うと、秀忠は追放などした近臣、関係者については許している。およつ御寮人事件《ごりようにんじけん》と呼ばれる話である。

和子の結婚は入内以前から波乱含み、というより波乱から始まる。

そして元和六年（一六二〇）、徳川和子の入内が決まる。

心配している小督を、武佐は励ます。

「ですが徳川家は和子様御入内に、万全を期してくれましょう」

「もちろんです。雲光院《うんこういん》殿（阿茶局《あちやのつぼね》）が宮中まで同行してくれます」

徳川和子の入内時、徳川家は出来る限りのことをした。

亡くなった徳川家康の側室に、特に家康から信頼されていた阿茶局がいる。阿茶局は隠棲《いんせい》していたが、その才覚を期待され母親代わりとして宮中まで付き添った。また譜代大名に警護の同行などを命じている。

何度も頷きながら、武佐が更に励ます。

「それに関白様もお力添えをしてくださるとか」

「娘も協力してくれますし、九条様も再度関白に成られ協力してくださいます」

この小督が言った娘とは。

小督には現在の夫、徳川秀忠との子以外にも娘がいた、豊臣完子《とよとみさだこ》という。

小督はその生涯において三度結婚する。一度目は織田家家臣であった佐治一成《さじかずなり》であった。ところが豊臣秀吉はこれを離縁させ、甥の豊臣秀勝《とよとみひでかつ》と結婚させる。しかし秀勝が朝鮮の役で病死すると、今度は徳川家康の三男秀忠と結婚させた。

小督の娘、豊臣完子は二番目の夫、豊臣秀勝との間に出来た娘であった。つまり豊臣完子は入内しようとしている徳川和子や三代将軍となる徳川家光とは腹違い（異父）の姉となる。

そして小督が徳川秀忠と再婚する際、前夫との娘完子は亡き父方（豊臣秀勝）の豊臣家に引き取られた。豊臣家では小督の姉淀君が特に可愛がった。淀君は姪にあたる完子の婚姻相手を特に探し、公家の九条幸家《ゆきいえ》に嫁がせる。九条幸家は豊臣家から後押しされ関白となった。

ところが豊臣家が滅びた。

すると九条幸家は妻完子の実母小督のいる徳川家に近づく。（完子は豊臣家が滅びると、義理の父に当たる徳川秀忠の養女となる）

九条幸家は徳川家の朝廷対策に大きく貢献した。更に関白を一度辞任したが、徳川和子の入内対策として関白に再任されている。

将軍である徳川秀忠は娘和子の入内の為に、朝廷の人事まで動かした。徳川家は武家も公家も動かし、和子入内を後押しした。まさに万全の体制である。

「武家も公家も動かして和子様を御助けするのです、まず間違いは起こりますまい」

　そう励ます武佐に、小督は頭《かぶり》を振る。

「どうでしょう。宮中に入れば娘を助けてくれる者は少ないに違いない。そこで父の家（北近江浅井家）の縁者《えんじゃ》にも力になるよう頼んだ」

　小督の父は浅井長政である。

　浅井長政が率いた浅井家は織田信長により滅ぼされた。しかし一族全てが途絶えた訳ではない。江戸幕府に仕えた者もいれば、大名の家臣として仕えた浅井家の者もいた。それら浅井家の生き残りに加賀《かが》国《のくに》前田《まえだ》家に仕えた浅井《あざい》一政《かずまさ》がいる。この浅井一政の妹が和子の入内後、「対馬局《つしまのつぼね》」という呼び名を貰い、女房侍女として仕えている。

　その他、浅井家縁者《えんじゃ》や浅井家の旧家臣の娘が女房侍女として徳川和子の周りを固める為に宮中に入った。小督は自らの不安を、親類縁者に頼ることで払拭《ふっしょく》しようとした。

　そして小督の目の前にも浅井家の縁者がいる。浅井長政の庶兄安休。その安休の長女、徳川頼房の養育係をしている武佐である。

「それでも侍従殿（武佐）、娘が心配じゃ」

「分かりました、出来る限りのことは致します」

　小督に請《こ》われ、武佐はそう返事をしたかも知れない。

　その一方で、和子を迎える後水尾天皇の母は近衛前子である。前子もまた、かつて仕えていた武佐に語る。

「侍従（武佐）、侍従、この婚姻、本当に大丈夫か」

後水尾天皇は徳川家から圧力を加えられている。宮中から去り、徳川家に仕えている武佐にこそ、近衛前子は問いたいであろう。

「分かりました、出来る限りのことは致します」

武佐も長く仕えた近衛前子に問われれば、そう応えざるを得ない。

武佐は小督や近衛前子と直接、間接にこのような遣《や》り取《と》りを行ったのかも知れない。ただし、その結果が残っている。

徳川和子に従い女房侍女として宮中に入った者の中に、武佐の末妹《まってい》（安休の四女）が「薩摩局《さつまのつぼね》」という呼び名を貰い入っている。浅井家縁者の一人として、徳川和子を支える為であったのであろうか。或いは薩摩局が宮中に入り和子の側近くに仕えていれば、不測の事態が起こっても宮中内部に詳しい武佐が対応出来る。そう考えての対処であったのかも知れない。

ただ後陽成天皇、御水尾天皇の二代に渡りその后《きさき》、近衛前子、徳川和子の女房侍女に公家でも武家でもない寺の住職（安休）の娘達（武佐と薩摩局）が仕えている、という偶然はあるだろうか。少なくとも武佐は、徳川和子の入内に関する話を知っていたに違いない。

さらに三木之次と武佐の娘は、公家の滋野井季吉《しげのいすえよし》に嫁《とつ》いでいる。時代が下るが、この滋野井の家からも和子の女房侍女となった者がいる。

武佐の名前は出てこない。だがその影は見え隠れする。いや武佐の最晩年まで、旧仕え先の宮中と現仕え先の徳川家との話の中にその影が見え隠れする。

ここで最初の疑問に戻る。

なぜ夫を亡くした感は乳母に召され、岡崎となったのか。岡崎の死に伴い、武佐は養育係として徳川家に招聘されたのか。

おそらく徳川家は、宮中や朝廷との円滑な話し合いや婚姻関係を望んだ。その為に長く宮中で務《つと》めている武佐を『生ける宮中の紳士録《しんしろく》』、宮中内の人間関係や続柄、人柄に詳しい者として期待し関係を持とうとした。

そこで最初は妹である感を乳母岡崎として召した。

ところが岡崎は病の為に亡くなる。

すると今度は、武佐自身を徳川家に直接招いた。

徳川家の期待した通り、武佐は徳川頼房（鶴千代丸）の養育係としての役目とは別に、朝廷や宮中の知識を提供した、と考えるのが妥当ではないだろうか。

ただ武佐が徳川家に招かれた時点で、后となる徳川和子は生まれたばかりである。徳川家も朝廷、宮中対策の一環として役に立てばよい、ぐらいの淡い期待で招聘したに違いない。

話を岡崎が亡くなった直後に戻す。

慶長十二年（一六〇七）。

鶴千代丸に仕えていた安休の次女感、岡崎と名前を与えられた乳母は病で亡くなった。

その後、宮中に仕えていた武佐が徳川家康に請われて鶴千代丸の養育係となった。

武佐は鶴千代丸の養育係となる為、二十年以上務めた宮中を辞し駿府城へと入った。

焼失した駿府城は、その直後から修復作業を始めている。

修理で慌ただしい駿府城に入った武佐。

勤め始めたはいいが、城の勝手《かって》が分からない。

襖《ふすま》の空いている部屋を覗いたり、廊下を右に曲がろうとして止めて、左に曲がったりとしている。

迷いながら歩いていると、呼び止められた。

「侍従殿」

徳川家に入った武佐であったが、徳川家での呼び名も宮中同様に「侍従」であった。

「これは、これは仁兵衛様」

振り返ると何のことは無い、呼び止めたのは武佐の夫、三木之次である。

「侍従殿、何かお探しか」

しっかり者だと思っていた妻（武佐）が、廊下を迷いながら歩いている。之次が後ろから見ていても、妻の姿は覚束《おぼつか》ない。

「いえいえ、お城が珍しくつい、あちらこちらを見ておりました」

迷いながら歩いている所を見られ、罰《ばつ》が悪かったのだろう。平静《へいせい》を装《よそお》い言《い》い繕《つくろ》う武佐の様子が、之次にはなにやら可笑しい。

「侍従殿、鶴千代丸様の御部屋はあちらですぞ」

笑いを堪えながら指をさしている之次に、武佐が澄ました顔で答える。

「私、お城務めは初めてで、右も左も分かりません。どうぞ、お引き回しのほどを」

澄ました顔のまま頭を下げ立ち去ろうとする武佐に、之次は笑いを堪えて肩を震わせていた。


徳川家康の十一男鶴千代丸、後の水戸徳川家藩祖徳川頼房。

この鶴千代丸に乳母として仕えた安休の次女岡崎（感）。

岡崎の縁者として鶴千代丸に仕えた武佐の夫三木之次。

ところが岡崎は病の為に亡くなった。その岡崎の後を安休の長女武佐が、養育係として仕えるようになった。

三木之次と武佐の夫婦は、ここから揃って徳川頼房に仕えていく。

第四章　三木之次、武佐の夫婦、主の子を密《ひそ》かに産《さん》する

三木之次と武佐の夫婦にも養育され、鶴千代丸は成長していく。

慶長十四年（一六〇九）。

鶴千代丸が六歳になったこの年、常陸国下妻から水戸二十五万石へ国替えを命じられる。元服こそしていなかったが、水戸を治めることになった。

更に翌年。鶴千代丸に小さな変化が起こる。

慶長十五年（一六一〇）。

ある日、駿府城に登城していた三木之次が自らの屋敷に帰ってきた。屋敷には、やはり戻っていた妻の武佐がいる。之次は、鶴千代丸の養育係である妻に語り掛けた。

「最近、鶴千代君様のご様子はどうだ」

「はい、すくすくとご成長なされております」

武佐は妹の岡崎の後を受け、鶴千代丸の養育係として二年が経った。

「そうか。ところで今度な、鶴千代丸様に御母上様が出来ることになった」

聞いた武佐は小首を傾げ、考えてから応える。

「鶴千代丸様には於万《おまん》の方《かた》様がおられますが――」

鶴千代丸の産みの親は徳川家康の側室、於万の方である。於万の方は存命している。

「確かに生母は於万の方様であられる。だが於万の方様とは別に御養母様を頂くことになった」

夫の言葉に理解が出来ず、頬に手を置き考える。考えて何かに気づいたのか、之次をきつく睨《にら》んだ。

「鶴千代丸様をお育てしている私に、何か不都合があったでしょうか」

「無い、無い。おまえに不都合など無い」

養育係である自分の育て方に問題があって新たに養母を迎えるのか、と武佐が邪推《じゃすい》したので之次は慌てて否定した。

「於梶《おかじ》の方《かた》様は分かるか」

「お城の中で何度か、お見掛けしたことはあります」

やはり徳川家康の側室に於梶の方（後の英勝院《えいしょういん》）がいる。

「於梶の方様は市姫《いちひめ》様をお産みになった。ところがその市姫様が今年、亡くなられた」

於梶は家康最後の子、市姫を産んだ。市姫は仙台伊達家の虎菊丸《とらぎくまる》（後の伊達《だて》忠宗《ただむね》）と婚約したが四歳になったこの年、夭折《ようせつ》する。

「それは御いたわしい」

聞いた武佐は顔を曇らせる。三木之次と武佐の夫婦にも娘達がいる、他人事とは思えない。

「うん、於梶の方様の嘆きは深かったそうだ。そこで大御所様（徳川家康）は自らの御子や御孫の養母とすることで、於梶の方様の嘆きを和らげようと考えられた」

徳川家康は市姫を失い失意の底にいた於梶を、自らの子や孫の養母とし慰めようとした。この家康の子、というのが鶴千代丸であった。

「なるほど」

武佐も話を聞き合点する。

「於梶の方様は凄いぞ。関ヶ原の戦いでは大御所様に従って鎧《よろい》を着け、戦場に行かれた程の方だ。胆力も人並み以上にあられる。鶴千代丸様を良き方へと導いてくださろう」

「それは、頼もしいばかりですわね」

鶴千代丸（徳川頼房）は養母となった於梶を終生に渡り慕《した》った、と言われる。

生母に於万の方、養母に於梶の方、養育係に武佐に見守られ鶴千代丸は少年期を過ごす。

慶長十六年（一六一一）、九才で元服。鶴千代丸は徳川頼房となった。

慶長二十年（一六一五）、大坂の陣が勃発《ぼっぱつ》。徳川頼房は駿府城の守備を命じられる。そして豊臣家は滅亡した。

元和元年（一六一六）頼房の父、大御所であった徳川家康が亡くなる。

鶴千代丸から徳川頼房へと成長していく間に、世間は大きく変わっていく。

更に同じ元和元年（一六一六）、南近江。

寺の住職であった安休もまた亡くなる、七十五で示寂。（或いは安休房西周が亡くなったのは、寛《かん》永《えい》十四年《一六三七》とも言われる）

安休房西周は、北近江の小谷城を拠点に勢力を広げた浅井久政の庶子として生を受けながら、石山本願寺門跡顕如に仕え石山合戦を戦い抜いた。晩年は南近江の寺の住職として過ごし、表立った活動はせず平穏な生活を送る。

数奇な運命を持った安休はここで亡くなった。

しかし安休の一族は歴史に対して大きく関与している。その為に話を続けていきたい。


父である徳川家康を亡くした徳川頼房。

家康が亡くなると、駿府城で暮らしていた頼房は兄である徳川秀忠のいる江戸へ移り住む。領国のある常陸国水戸へは、ほとんど赴かなかったようである。

さて成長した徳川頼房、養育係の武佐、武佐の夫三木之次。

この三人に事件が起こる。それも当人達にはその認識はなかったが、後々に日本の行方を定める事件となる。

元和八年（一六二二）。

徳川頼房は十九歳となった。

ある日。頼房は養育係の武佐と、夫で水戸徳川家老中を務める三木之次を内々に呼び出した。

武佐は妹の岡崎の後を受けて養育係となり、頼房に仕え十五年になる。

三木之次は頼房が生まれた翌年には仕え、今では水戸徳川家の老中《ろうじゅう》と大番頭《おおばんがしら》とを兼務する側近となっていた。

徳川頼房から見ると、最も腹を割って話せる夫婦である。

その五十にならんとする夫婦が、頼房の前で頭を下げ畏《かしこ》まる。部屋には三人しかいない。

頼房は目の前に伏している夫婦にどう説明をすれば、と悩んでいる。しかし意を決した顔をすると部屋の外に漏れないよう、声を低めて語り掛ける。

「侍従（武佐）、仁兵衛（三木之次）、久子は知っているか」

夫婦は急に、久子という名を聞いても分からない。

三木之次は宙に目をやり考える。

「久子殿、久子殿――」

武佐は頬に手を当て考える。

「久子殿、久子殿――、あぁ御老女《ごろうじょ》の」

武佐が思い出して手を叩き、之次も頷く。

「そうそう、おりましたな。御老女の娘御で勤めている者が」

この頃、江戸小石川《えどこいしかわ》の水戸藩邸（上屋敷）に奥付きの老女（屋敷に仕える侍女を、取り仕切る年配の女性）がいた。その老女には娘がおり、久子《ひさこ》と言った。この久子もまた母に従って藩邸に入り、屋敷の務めを行っていた。

頼房は夫婦に向かって、更に声を潜めて話を続ける。

「実は、久子にな――」

そこまで言った頼房は、顔を赤らめる。

夫婦は頼房の顔を見て怪訝《けげん》な顔をしたが、直《す》ぐに察し喜んだ。

「おめでとうございます、ご懐妊あそばしましたか」

頼房は水戸藩邸で働いている久子に目を止め、二人は密々会ったとされる。そして久子は頼房の子を宿した。徳川頼房の初めての子である。

「久子殿はまだ御側室となった訳ではございませんが、それは追々として、まずは目出度《めでた》い」

三木之次は、頼房が赤子の頃から仕えている。孫が生まれたような喜びが起こる。

そんな喜んでいる二人を目の前に、頼房は項垂《うなだ》れた。

「確かに目出度いな、目出度いと儂も思った。ところがな」

なぜ項垂れているか、夫婦には分からない。

「尾張《おわり》の兄上や紀州《きしゅう》の兄上には、まだ子がおらぬだろう」

尾張の兄上とは徳川家康の九男、尾張徳川家藩祖徳川義直《よしなお》である。

紀州の兄上とは徳川家康の十男、紀州徳川家藩祖徳川頼宣《よりのぶ》である。

この二人の兄と頼房を加えた三人の兄弟は、一歳ずつ年が離れている。特に頼宣と頼房とは、同母(於万の方)兄弟でもあった。

徳川家康には子供が多くいた。兄弟が多いと年の離れた兄もいる。例えば将軍徳川秀忠は兄ではあるが、二十以上も年が離れている。それと比べれば、直ぐ上の二人の兄は年が近い、親しさも感じる。

そして親しい兄達には未だ実子がおらず、頼房には出来た。この事が頼房に、遠慮をさせる。

「確かに尾張の左近衛権中将《さこんえごんちゅうじょう》様（徳川義直）、紀州の権中納言《ごんちゅうなごん》様（徳川頼宣）にはお子がおられませぬ。ただ、その気遣《きづか》いはご無用かと」

そう之次に言われ、横の武佐も黙って頷いている。

「確かに儂の気の遣い過ぎ、かも知れぬ。それに」

頼房には、兄達への遠慮以外にも項垂れる理由がある。

「それにな、久子の母親が大いに立腹しておってな」

藩邸で侍女を取り仕切る老女であった久子の母親。この母親が、嫁入り前の娘が懐妊したと聞いて激怒したという。

「そして、於勝《おかち》の目もある。儂は恐ろしい」

頼房には正室こそ迎えていなかったが、側室には第一の寵妾《ちょうしょう》として於勝の方がいた。頼房は於勝の方の嫉妬が恐ろしい。

「儂にはどうすることも出来ん」

久子は懐妊したが、兄達への遠慮があり、久子の母親は怒っているし、側室於勝の方の目もある。どうにも表立って子を産めるような状況ではない。

「そこで二人に命じる」

項垂れたまま、顔を上げることも出来ず頼房は呟いた。

「二人には久子を預かってもらい、出来た子を水子《みずこ》（堕胎《だたい》）にして欲しい」

「何ということを」

武佐は驚いて、腰を浮かす。

――せっかく出来たお子を間引く（堕胎）のか。

之次は意外な申し付けに目を丸くした。

之次と武佐の間にも娘達がいる。親となった身として、幼い頼房を養育してきた者として、従い難い主命である。

「それは余りに――。何とかならないのでしょうか」

腰を上げたまま意見する武佐の横で、之次は額が床につかんほど頭を下げ諫言《かんげん》する。

「殿、我ら二人も善処いたします故、ご翻意のほどを」

二人は言葉の限り諫《いさ》めたが、頼房は頑《かたく》なに首を振るばかりであった。

この日、夫婦は悄然《しょうぜん》として主人の前から引き上げ、自分達の屋敷へと帰った。

屋敷に引き上げてきた之次と武佐。

頼房から受けた主命とはいえ、出来た主の子を下ろす。陰鬱《いんうつ》とした気分となり、暫《しば》らく話す気にもならなかった。

夕餉《ゆうげ》を終え、二人きりになる頃に、やっと之次から話を切り出した。

「お前はどう思う」

夫に聞かれて、武佐は伏し目がちになり答える。

「久子殿が可哀そうです」

どのような経緯があるにしろ、出来た子である。それを下ろせ、と言われれば同じ女として武佐などは哀《あわ》れに思う。

「そうよな、可哀そうな話だな」

そう言った之次であったが、之次には心情以外にも思う所があった。

「だが可哀そうな話、というだけではない。この話は、お家の跡継ぎの問題にも関わる」

三木之次は水戸徳川家老中である。その之次にすれば、藩主頼房の子は水戸徳川家の後継の話とも関わる。内々に片づけて良い話かどうかさえ、分からない。

「何とかならんものかな。少なくとも生きてさえいれば」

出来た命である。生まれてさえくれれば、後々どうとでもなる様に之次などは思った。

「そうですね、生まれてさえくれれば――」

武佐がそう言った後、二人は黙り込んだ。

何か良い案が浮かぶ訳でも無い。二人黙り込んで物思いに耽《ふけ》っていたが、今度は武佐が口を開いた。

「そう言えば、あれこれと考えている内に似た話を思い出しました」

「似た話とは」

「あなたは、私の父の話は知っていますか」

武佐に聞かれて、之次は首を傾げる。

「義父《ちち》君の話か」

武佐の父は安休である。

そう、武佐の父親である安休もまた浅井久政の庶子であった。そして安休が生まれると、安休とその母は石山本願寺へと引き取られた。安休の生い立ちも又、複雑であった。しかし安休は石山本願寺で育ち、石山合戦という難しい時代も過ごしたが、無事に一生を終えている。

武佐は安休の話をかいつまんで語り、之次は黙って聞いていた。それから聞き終わると一言呟く。

「そして義父君は南近江で生を全うし、義父君の生きた証の子や孫はこうして徳川家に仕えている」

生い立ちこそ複雑な経緯であった安休ではあるが子が出来、子や孫達は水戸徳川家に仕え、暮らしている。

やはり生まれてさえくれば、その後に道は続くように思えた。

二人は再び黙って思案する。二人とも久子を出産させたい気持ちに傾いている。

「しかし主命であるからなぁ」

主である頼房からは、久子の堕胎を命じられている。

「私達二人では、どうにもなりませぬか」

「儂ら二人では、どうにもならんなぁ」

そこまで考えていた之次は、自らの言葉で何かを思いついた顔になった。

「良い方策を思いついた訳でも無いが」

そう言いながらも、之次は前のめりになっている。

「英勝院《えいしょういん》様に相談するのはどうであろう」

「あっ、それは思い至りませんでした。あの方なら力になってくださるかも」

英勝院。徳川頼房（鶴千代丸）の養母となった於梶《おかじ》の方である。

徳川家康が亡くなると、その側室であった於梶は落飾して英勝院と名乗り江戸田安《たやす》の日丘尼屋敷《ひびあやしき》に移り住んでいた。夫婦はこの頼房の養母である英勝院（於梶の方）への相談を思いついた。

早速、日丘尼屋敷へと出掛け英勝院と対面した夫婦。二人から事情を聞き英勝院は驚いた。

「それはなりませぬ。それはなりませぬ。もってのほかじゃ」

話の途中で何度も首を振る。

「頼房殿がお前様方に子を下ろせと命じたのなら――」

英勝院は娘を早くに亡くしている。子を大事に思う気持ちは人一倍強い。

「それなら、頼房殿に伏せてでも産むべきです」

英勝院は、話を聞き終えて断を下した。

こうして三木之次と武佐、英勝院の三人は内々に久子を出産させることに決めた。元々は夫婦が久子を預かる手はずになっていた。懐妊していた久子を、江戸《えど》麹町《こうじまち》にあった三木家の別邸へ移す。

元和八年（一六二二）七月一日。

江戸麹町の三木邸で産声が上がった。

「久子殿、ご覧あれ。よい男の子じゃ」

武佐に抱かれて久子が見た赤子は、男子であった。徳川家康の十一男である徳川頼房、その頼房の長男竹丸《たけまる》である。

久子は愛《いと》おしそうに赤子を見た。生きて会えない子であったかも知れないと思うと、なお愛おしい。

ところが次第に顔を曇らせる。

「この子は行《ゆ》く末《すえ》、如何《いかが》なりましょう」

堕胎を命じられているにも関わらず、内密に産んだ子である。母として、子の将来が気になる。

聞かれた三木之次と武佐が顔を見合せた。そこから武佐が先に答えた。

「それなのですが私達に任せて貰えませんか。悪いようには致しませぬ」

夫婦には、生まれた赤子をどうするか腹案があった。之次が頷きながら、話を継ぐ。

「儂らには京に嫁いでいる娘がおる」

夫婦の間には娘ばかりがいたが、そのうちの一人は公家で右近衛中将《うこんえちゅうじょう》、滋野井季吉《しげのいすえよし》に嫁いでいた。

「娘の嫁ぎ先なら顔も広い。然《しか》るべき寺とも懇意《こんい》にしておるはずじゃ。そこに子を預け暫らく様子を見てはどうだろう。行く末どうもならなくとも、寺におれば僧として生きていく道もあるはずじゃ」

之次と武佐の夫婦は滋野井の家へ生まれた子を預け、然るべき寺へ通わせては、と考えた。

「私にはどうにも出来ません。どうぞ、この子をお願い致します」

そう言って久子は夫婦に深々と頭を下げた。

竹丸は二歳になると京の滋野井の家へ預けられる。そこから天龍寺《てんりゅうじ》の塔頭《たっちゅう》、慈済院《じさいいん》へと入った。


ところが竹丸が生まれた六年後の寛永《かんえい》五年（一六二八）。

同じ事が起こる。

久子は頼房の子を身ごもり、頼房は三木之次と武佐を呼び出すと、堕胎を命じる。やはり側室於勝の方の目を恐れた故とされる。

屋敷に帰った夫婦は、再び頭を抱えた。

「あなた、どういたしましょう」

「此度もやむを得まい。英勝院様にすがって主命に反するしかあるまい」

水戸《みと》城下《じょうか》柵町《さくまち》の三木邸に久子を移すと、出産させる。

生まれた子はやはり男子で、長丸《ちょうまる》と名付けられた。

この長丸は、水戸の三木邸で育つことになる。

後年の話である。

後に生まれた長丸は、自らや兄の竹丸が出生時に堕胎させられそうにあったことを知っている。長丸の晩年、元禄三年（一六九〇）六十三歳の時、その家臣にして儒学者でもあった中村篁渓《なかむらこうせい》に出生の話を語っている。篁渓はこの時に聞いた話を『義公遺事《ぎこういじ》』に書き残した。そこには、自分（長丸）や兄竹丸の堕胎の理由に関して「勢無之ユエカ《せいこれなきゆえか》」と述べている。母である久子の立場が側室の中でも弱い為に、父である頼房は堕胎を命じたのではないか、と推察している。

三木之次と武佐、英勝院によりこの世に引き留められた兄弟、竹丸と長丸。

兄の竹丸が讃岐国《さぬきのくに》高松藩《たかまつはん》を興す松平頼重《まつだいらよりしげ》である。

弟の長丸が水戸徳川家二代当主となる徳川光圀《とくがわみつくに》であった。

だが兄弟の人生は出生の時点で生きるか死ぬかの苦難から始まっており、立場も身分も定まらぬまま幼少期を送る。

水戸にある三木家の屋敷。この屋敷のあった場所は、現在の水戸駅構内と言われる。

その屋敷で弟の長丸が生まれると、三木之次は困った顔で武佐を見た。

「さて困った」

「困ったもなにも、あなた。長丸様をお育てせねばなりますまい」

「そうだが。どう育てよう」

二人の間に娘はいたが息子はいなかった。男の子を育てた経験が無い。

「あなたは殿様（徳川頼房）がお生まれになった頃よりお仕えしているのです。男の子の育て方を、少しは分かるでしょう」

之次は武佐の妹岡崎の縁者として、頼房の赤子の頃より仕えている。

「おまえ――、無茶を言うな。儂がお育てしていた訳ではないわ。だいたい殿様の子としてお育てすべきか」

「どうなのでしょう。京におられる竹丸様も我が家におられる長丸様も、殿様の許に戻れるのでしょうか」

「分からん、英勝院様が手回し成されておられる。殿様が認めてくだされば戻れるだろう。だが殿様が次男の亀丸《かめまる》様を跡継ぎに、と考えられておられるなら戻るのは叶わぬかも知れぬ」

頼房の長男竹丸、三男長丸。これら兄弟の間には、側室於勝《そくしつおかち》の方から生まれた次男亀丸がいる。（ただし亀丸は長丸が生まれたこの寛永五年（一六二八）に夭折《ようせつ》する）

「では殿様の子としてではなく、普通の子として」

「それが良いように思う。誰ぞ乳母に適した者は知らぬか」

武佐は頬に手を添え、しばらく考えた後。

「杉《すぎ》、という者が良いように思えます」

「では早速その者に打診を。後は細々《こまごま》とした働き手を付けて」

後年、三木邸で育った長丸こと徳川光圀は述懐している。それによれば、杉という乳母と、らいという下働きの女性、庄九郎《しょうくろう》という草履取《ぞうりと》りの三人に世話をされて育った、と語っている。之次も武佐も、距離を置いて長丸（光圀）を見守り、ごく普通の子として育てようとした。

「一先《ひとま》ずはこれで様子を見てみよう」

「そうですわね」

夫婦は、徳川頼房から久子の最初の懐妊（竹丸）を告げられた日より六年。今度は頼房の三男長丸を水戸において育てることになった。


徳川家康の十一男、徳川頼房。

その頼房に出来た子を三木之次、武佐の夫婦と英勝院とが密かに出産させた。

寛永五年（一六二八）。

頼房の長男の竹丸、六歳。京にある滋野井の家に預けられ天龍寺の塔頭慈済院に入る。

頼房の三男の長丸、〇歳。水戸にある三木家に預けられ、育てられることになる。

第五章　竹丸と長丸の兄弟、頼房に実子として認められる

三木之次と武佐の夫婦が徳川頼房の三男長丸（徳川光圀）を預かって、数年が経った。

ある日、武佐が屋敷の庭に出た。すると子供達の声が聞こえる、それも空から。声のした方を見上げ、武佐は驚いた。見上げた先、屋敷の門の上に子供達が登っている。

「そのような所に登ってはなりませぬ」

驚いた武佐が声を上げ、聞いた子供達は屋根から下りて逃げ散った。

だが武佐が驚いたのは、屋根に子供がいたからではない。その子供達の中に、預かっている長丸もいたからだ。

武佐は慌てて屋敷の中に入る。血相を変えたまま、江戸から戻っていた三木之次の部屋に入った。

「あなた、大変です」

小刀《こがたな》で足の爪を切っていた之次が、眉《まゆ》だけ上げて武佐を見た。

「なんだ、騒々《そうぞう》しい」

「長丸様が近所の子供達と門の上に登っています」

暫らく武佐の顔を眺める。それから首をふった後に、足の指に目線を戻し呟いた。

「何事かと思ったら――」

「何事とは、何ですか。殿様から預かった長丸様に何かあったら、どうするのです」

そう言いながら之次と対面して座る。之次は、小刀を直しながら返した。

「元気が有って良いではないか。それより――、口を出すなよ」

「分かっております」

長丸は乳母や下働きの者に世話をさせ、之次も武佐も遠くから見守っていた。

「だいたい――」

そう武佐が頬に手を当てながら呟き、しかめた顔で続けた。

「殿様（徳川頼房）は、竹丸様も長丸様もお認めにならない。どうお考えなのでしょう」

武佐の前に座る三木之次も顔をしかめる。

「色々とお考えがあるのだろう」

「そうは言ってもですよ。長丸様が生まれた後も、殿様には御子が出来てらっしゃるではないですか。なぜ久子様から生まれた竹丸様や長丸様だけが不遇な扱いを受けねばならぬのです」

そう言われても之次は返事のしようもないので、あらぬ方を向く。

「弥々《ねね》様にも出来ました」

武佐の言う弥々様とは。

徳川頼房はその生涯、知られているだけで八人の側室を得ている。

例えば、既に出てきた竹丸や長丸の母久子《ひさこ》。

第一の寵妾《ちようしよう》と言われた於勝《おかち》。

そして弥々（藤原殿）も側室の一人とされる。

弥々は石山本願寺門跡顕如の次男顕尊《けんそん》の孫、顕如から見ると弥々は曾孫にあたる。

顕如の曾孫が徳川頼房の室となっているのも不思議な縁である。或いはこの繋がりも顕如に仕えていた安休、その安休の長女武佐が引き合わせた縁であろうか。

この弥々と頼房との間にも娘、息子が出来ている。

薄くなった髪を掻《か》きながら、之次が宙に目をやり呟く。

「玉にも出来たしなぁ」

「そうそう、於玉《おたま》様にも御子が出来たとか」

やはり頼房の側室に、於玉という娘がいる。

於玉は播磨国《はりまのくに》（現在の兵庫県南西部）で寺の住職をしている之次の兄長然《ちようねん》（寂然《じやくねん》の長男）の娘である。つまり三木之次から見ると、頼房の側室於玉は姪《めい》に当たる。

この於玉も千丸という男子を産んでいる。

「あの小さかった鶴千代丸様がなぁ。立派になられたものだ」

赤子であった鶴千代丸（徳川頼房）に仕え始めた三木之次。その頼房が大きくなり、どんどん子を生《な》している。五十を超えた之次にしたら、隔世《かくせ》の感が湧いてくる。

「何を呆けたことを言っているのです。では何故、竹丸様や長丸様にはお声が掛からないのですか」

徳川頼房の子はどんどん産まれている。そして生まれた子供達は頼房の子として育っていた。ところが竹丸、長丸の兄弟だけは実子として認められず、京と水戸とで暮らしている。

屋敷の周りの子供達と遊んでいる長丸の姿を、武佐は時折見かける。その武佐にすれば納得がいかない。

「ここまでくれば、腹を括《くく》って待つよりしょうがなかろう」

「ですが、私達に何か出来ないでしょうか」

「我々に出来るのは、預かった長丸様を無事に育て上げることだ」

そこで之次は大きな溜息をついてから、諭した。

「だいたい一番心配なされているのは、母親である久子殿ではないか」

そう言われると、武佐は何も言えなくなる。

「儂らがどうこう言っても始まらん。後は英勝院《えいしょういん》様にお任せするより仕方ないわ」

徳川頼房の養母であった英勝院は根気よく、根回しを続けていた。

弟の長丸が生まれてから約五年後。

寛永《かんえい》九年（一六三二）、事態が動く。

この年の一月、徳川秀忠が亡くなる。

将軍職自体は元和九年（一六二三）、子の徳川家光に譲っていたが、実権は秀忠が握っていた。その徳川秀忠が亡くなった。

ところで三代将軍である徳川家光と水戸徳川家当主の徳川頼房。

徳川秀忠の末弟である頼房と、秀忠の子である家光とは叔父甥の間柄である。しかし叔父甥と言っても、頼房と家光とでは年齢が一つしか違わない。そしてこの叔父（頼房）は父である徳川家康の死後、江戸城に移り甥（家光）と一緒に育った。その為に、叔父と甥とは特に仲が良い。

そこで英勝院は三代将軍徳川家光を巻き込み、竹丸と長丸との認知の運動を起こした。そして奔走《ほんそう》の甲斐があり、徳川頼房は兄弟を自らの子として認める。或いは、実子として認める環境が頼房の側で整ったのかも知れない。

兎も角も兄弟は、水戸城に招かれることになった。

兄の竹丸（松平頼重）は京都から、弟の長丸（徳川光圀）は水戸の三木邸から水戸城に入る。

更に翌寛永十年（一六三三）、兄弟は水戸城から江戸の小石川にある藩邸へ移された。

だがここで問題が起こった。

兄の竹丸は江戸に着いた直後に疱瘡《ほうそう》（天然痘《てんねんとう》）を患《わずら》う。竹丸はその静養に時間を要した。

そこで、竹丸が病を治している間の寛永十三年（一六三六）。

弟の長丸、九歳の時。

先に父頼房に伴われ、三代将軍徳川家光に拝謁《はいえつ》している。

そして長丸のお目見えから二年後の寛永十五年（一六三八）。

療養の終わった兄の竹丸が十七歳の時。

竹丸も又、家光に拝謁した。ところがこの拝謁の時、先に弟の長丸を紹介していた関係上、兄の竹丸を次子（次男）として父頼房は紹介している。

つまり長男の竹丸が弟、三男の長丸が兄、という紹介となった。

父の頼房は、終生正室を設けなかった。故に頼房の子は皆、側室から産まれた子である。家督は長男からとなる。よって本来は長男の竹丸が水戸徳川家を継ぐはずであった。

ところが長男の竹丸こと松平頼重。次子として紹介された松平頼重は水戸徳川家を継がず、新たに一家を興し讃岐高松藩の藩主となった。ここで松平頼重の血脈は一端、水戸家を離れる。

反対に三男（次男は亀丸という男子であったが夭折している）の長丸こと徳川光圀。長男として紹介された徳川光圀が、水戸徳川家を継ぐ世子（次期当主）と決まった。

徳川家康の十一男徳川頼房。

その頼房の二人の息子、松平頼重と徳川光圀。この兄弟は、大名として生きていくことになった。

さて、父徳川頼房が竹丸、長丸の兄弟を認知した時まで話を戻したい。

京の天龍寺で暮らしていた竹丸、水戸の三木邸で暮らしていた長丸。二人は水戸城に招かれた。そして翌年、兄弟は家臣達に守られ水戸から江戸の水戸藩邸へと移っていく。三木之次と武佐は、兄弟を連れた行列を水戸から見送った。

「行ってしまわれるなぁ」

「えぇ」

「殿様（徳川頼房）から竹丸様の話を聞いた日より、これほど長い話になるとは思わなかったな」

「ほんに。十二年の長きに渡り、ご苦労様でした」

夫婦が頼房から、長男竹丸の堕胎の命を受けた日から十二年になろうとしていた。

「お互いにな。これで少しは肩の荷がおりたな」

ほっとした表情で話す之次に、武佐も頷いて答える。

「そうですわね。ともあれ竹丸様も長丸様も殿様（頼房）の許に戻れてようございました」

「無事、大きゅうなられると良いがな」

「それはもう、大丈夫でしょう。長丸様は腕白でした、近所の子と塀や屋根に登って遊んでいましたから」

「遊びか――」

小さくなっていく行列を目で追いながら、之次は静かに語る。

「そういう子供時代は大事だな」

「そうですわね、子の成長に大きく左右しますからね」

「儂はな、人に話せるような子供時代を過ごしておらん」

「それなら私もです」

三木之次と武佐の夫婦。

三木之次の父寂然も、武佐の父安休も石山本願寺に関わっていた僧である。二人の幼少期は石山合戦や播磨の英賀合戦《あがかっせん》という、織田家と本願寺が戦っていた時期に当たる。

「いま振り返ると、酷《ひど》い時代であったな」

「確かに。遠い昔の話のように思えますが、酷うございました」

半世紀前、振り返れば半世紀前である。彼らの幼少期は戦国と呼ばれている時代の終盤である。程度こそあろうが、夫婦は戦禍の中で成長した。

「それが何の因果か天下人（徳川家康）の御子（徳川頼房）と御孫（徳川光圀）を、それも赤子の時から仕えた。こういう人生もあるものだな」

「巡り合わせでございましょう」

本人達には説明出来ない因果も又、この世界にはある。

「巡り合わせなら――、良い巡り合わせだな」

之次が少し嬉しそうに話すので、武佐は不思議そうに見た。

「あら何故です」

「戦さのない世で、赤子の成長を見るのは良いな。鶴千代丸様も可愛かったが、長丸様も可愛かった」

「男の子は元気があってようございます」

「長丸様は少し元気が有り過ぎるようだが」

そう之次が言って武佐に笑いかけ、武佐も可笑しそうに頷いた。

「まぁしかし」

言いながら、之次は肩を揉《も》む。

「このようなことは此度ばかりにして欲しいものだ」

「殿様のご意向に反してお育てする。大変でしたわね」

「中々骨が折れたな。度々このようなことがあれば命が縮むわ」

そこで武佐が悪戯《いたずら》っぽく笑って、之次を見た。

「あら分かりませんわよ。二度ある事は三度ある、と申しますから」

「勘弁してくれ、儂はもうすぐ隠居をする齢ぞ。先の方が短いわ」

「あらあら、元気に長生きして殿様にも若様方にもお仕えください、御老中様」

「元気に長生きしておくれ、侍従殿」

こうして夫婦は、竹丸と長丸の兄弟を水戸から送り出した。

その三木之次、武佐の夫婦。夫婦は本当に長生きする。

水戸徳川家老中、三木之次。この年、家禄を五百石加増され千五百石となる。そして三年後の寛永十三年（一六三六）、執政《しっせい》を行う水戸徳川家大老に就いている。異例の栄達である。

そこから更に長生きし、正保《しょうほう》三年（一六四六）に亡くなる、享年七十二。

三木之次は、播磨の住職寂然の次男として生まれ、宮中で仕えていた武佐と婚姻を結ぶ。そして武佐の妹感《かん》の縁者として徳川家に仕えた。伏見城で仕え始め、駿府城、江戸、常陸国水戸と続き終焉を迎える。之次も又、数奇な運命を持つ人であった。

さて安休の長女にして、之次の妻である武佐。之次が亡くなった後も、武佐は生き続ける。

しかし、である。

二度ある事は三度ある、そう言った武佐であったがこの先、本当に三度目を迎えるとは武佐自身も思ってもいなかっただろう。

第六章　頼重と光圀の兄弟、それぞれの子を交換す

徳川家康の十一男徳川頼房。その頼房の長男松平頼重、三男徳川光圀。兄弟は頼房に認知された。ところで三木之次と武佐が住み、徳川光圀も幼少期に育った水戸の三木家の屋敷。この三木邸の隣にあったのが、伊藤友玄《いとうともはる》の屋敷であった。伊藤友玄、通称を玄蕃《げんば》という。この物語において名前が一度出ている。

徳川頼房が生まれた慶長八年（一六〇三）。伊藤友玄が十歳の時。

徳川家康は我が子鶴千代丸（徳川頼房）の前に、友玄を呼び出した。その他に乳母岡崎（安休の次女感）に付き添われている小坊（熊之介、後の岡崎綱住《おかざきつなずみ》）、沼間清許《ぬまきよもと》、富田知幸《とみたともゆき》なども一緒に呼び出されている。これらを前に家康は、鶴千代丸の小姓として仕えるように命じた。

徳川頼房、最初の家臣達である。

伊藤友玄はここから水戸徳川家の小姓、大番頭、老中を歴任。寛永《かんえい》十四年（一六三七）およそ四十三歳の頃に、水戸徳川家大老に任じられる。更にその三年後、徳川光圀の三人の傅役《ふやく》(守り役、指導役)の一人に選ばれた。三木之次、武佐などと同様に、頼房、光圀の二代に渡り仕えた家臣の一人である。

この伊藤友玄の妻は三木之次、武佐夫婦の娘（志保《しほ》ないし塩《しお》と言ったという）であった。水戸徳川家の興《おこ》りから頼房に仕え、屋敷が隣同士でもあったという縁に違いない。

つまり伊藤友玄は三木之次、武佐の娘婿に当たる。

さて三木之次が亡くなって、約六年後の話である。

承応《しょうおう》元年（一六五二）夏頃。

伊藤友玄は江戸から水戸にある自らの屋敷へと、人目を忍んで戻ってきた。供をしてきた者にもそれぞれ帰宅を許すと、屋敷の中に入って旅装を解く。すると早々に入ってきたばかりの屋敷の門を出た。慌てて門から飛び出すと隣の三木邸へと向かう。友玄も六十になろうとしている。慌てる余り、足がもつれて草履《ぞうり》が片方脱げた。一度立ち止まり、脱げた片方の草履を忌々《いまいま》しく見る。しかし時間が惜しい、そのまま駆けた。

足早《あしばや》に三木邸の門を潜る。

「御免。誰か、誰かおらぬか」

伊藤友玄から見ると、隣の三木邸は妻の実家である。

更に三木之次と武佐の間には男子が生まれず、三木家の跡継ぎがいなかった。そこで伊藤友玄の子（三木之次、武佐から見ると外孫）が養子として入っている。

伊藤家の隣の屋敷は妻の実家であり、子供の養子先でもある。勝手知ったる隣家である。

三木邸の中から家人が出てきた。挨拶もそこそこに小声で尋ねる。

「侍従《じじゅう》様（武佐）は、お元気か」

武佐も八十歳を超えている。だが元気に過ごしているというので、友玄は奥へと入っていく。

江戸にいるはずの友玄が、水戸にいる。奥にいた武佐は、驚きながら友玄を迎えた。

「まぁまぁ玄蕃殿（伊藤友玄）、どうなされた」

「は、侍従様（武佐）にはご機嫌麗《きげんうるわ》しく」

挨拶を受けた武佐は片手を頬に当て、困った顔をする。

「玄蕃殿、前にも云うたが、私はすでに侍従ではありませぬよ」

十六歳で近衛前子に従い宮中に入った武佐。宮中での呼び名は「侍従」であり、後陽成天皇は話の上手な武佐を揶揄《からか》い「夜話しの侍従」と呼ばれた。その後、徳川家康に請われ徳川頼房の養育係となる。そして徳川家での呼び名も、引き続き「侍従」であった。

ところが寛永十七（一六四〇）。頼房の長男松平頼重が朝廷より侍従に叙任される。ここで問題が起こる。そう武佐も又、水戸徳川家において侍従という呼び名で呼ばれている。そこで武佐は松平侍従頼重に憚《はばか》って、侍従の名を辞め、自ら「武佐」と名乗るようになったという。

友玄は若い頃より武佐を「侍従」と呼んでいたので、この新しい「武佐」という名が呼《よ》び難《にく》い。

「は、では義母上《ははうえ》様。火急の用があり江戸より戻りました」

義母上様と呼んでくれる婿の伊藤友玄、六十手前。武佐が八十を超えている。武佐は何やら滑稽に思えたが、そこは流した。

「それで火急の用とは」

「実は右近衛権中将《うこんえごんちゅうじょう》様（徳川光圀）の事で」

武佐が緊張した顔になる。

「よもや、あの話が拗《こじ》れたのではあるまいな」

「いえ、そちらの方は滞《とどこお》りなく」

武佐があの話、と言ったのは。

承応《しようおう》元年（一六五二）、水戸徳川家の当主は徳川頼房であったが、世子《せし》（次の当主）は三男の徳川光圀と決まっていた。その光圀も二十五歳になる。そこで婚姻の話が持ち上がる。

光圀の相手。それは前関白《さきのかんぱく》近衛《このえ》信尋《のぶひろ》の娘、泰姫《たいひめ》であった。泰姫の説明をする為には、父の近衛信尋を説明しないといけない。

古い話である、この物語の最初に戻る。

足利義昭が将軍に就くと、近衛《このえ》前久《さきひさ》は義昭の追及を受け、京に居づらく流浪し顕如を頼った。この流浪の直前、前久は近衛家の家督を子に譲ったと言われる。譲られたのは子の近衛《このえ》信尹《のぶただ》である。ところが信尹には跡を継ぐ男子が生まれなかった。そこで腹違いの妹、近衛前子の子を養子に迎える。この近衛家の養子に入ったのが、前子と後陽成天皇との間に誕生した第四皇子（四宮《しのみや》）である。近衛前子より産まれた四宮は慶長四年（一五九九）の生まれである。前子に仕えていた武佐は宮中において、四宮と会っていたに違いない。そして四宮は近衛家に養子として入り近衛信尋となり、信尋の娘が泰姫であった。

つまり妻として名の上がっている泰姫は、武佐がかつて宮中で仕えていた近衛前子と後陽成天皇との孫にあたる。蛇足ではあるが、近衛前久の曾孫でもある。

一方で婿である光圀は、武佐が出生を助け、五歳まで養育に関わっている。

武佐は、この婚姻話の両方の家と深い関係にある。

更に、江戸と京とで縁談を進めていた人物。

水戸徳川家は、江戸にいる武佐の娘婿の伊藤友玄。

近衛家は、京にいる武佐の娘婿の滋野井季吉《しげのいすえよし》。

武佐の娘婿二人が書簡を交わし、話を進めている。

この話の中に、武佐の名は出てこない。しかし武佐の人生と職歴の集大成とも言える婚姻であった。

「そちらの方は大丈夫です。前権大納言《さきのごんだいなごん》様（滋野井季吉）と共に話を進め、後は幕府からの許しを得る所まで」

光圀と泰姫との縁談は、幕府の許可さえ出れば成立する所まで進んでいた。

聞いた武佐は胸に手を当て、撫《な》でおろす。そこから伊藤友玄に再び尋ねた。

「ではいったい何があったのです」

聞かれた友玄の額から汗が流れる。

「は、右近衛権中将様（徳川光圀）に――、いえ右近衛権中将様の――」

友玄が汗を流しながら、言い難そうにしている。

「玄蕃殿。腹《はら》を据《す》えてひと思いに吐き出されませ」

武佐に促され、友玄はがっくりと項垂れ答えた。

「右近衛権中将様に――、御子が出来ました」

「なんと」

そう応《こた》えた後、武佐は黙り込んだ。暫らく黙り込んでいたが励ます様に、努めて明るく続けた。

「なんと気の早い。京の姫と江戸の若殿様との間にはや、子が出来ましたか」

「義母上様、違います」

「分かっております」

流石に京にいる泰姫と、江戸にいる光圀との間に子は出来ない。

結婚前の婿（徳川光圀）に子が出来た、それも縁談が進んでいる最中にである。都から来る姫は後陽成天皇の孫に当たり、藤原五摂家から嫁いでくる。嫁いできたら、既に子がいた、という話は差し障りがある。

――二度ある事は三度あると言ったが。

武佐にすれば徳川頼房の子、松平頼重、徳川光圀の出生に関わっている。この兄弟の時も、頼房には子を持てる状況ではなかった。

――否、父（安休）の生まれも含めると。世の中は恐ろしい、度々同じ事が起こる。

いや、人一人の身にそうそう関わる話ではない。武佐という女性は、よほど数奇な巡り合わせにいるのかも知れない。

「それで誰に出来たのです」

「は、お女中の弥智《やち》殿に出来ました」

「その弥智殿は何処に」

「江戸の我が屋敷において」

徳川光圀には側近くに世話をする侍女がいた。その侍女の一人が弥智《やち》である。光圀は弥智に手をつけ、弥智は光圀の子を宿《やど》した。

子の出来た弥智は、これを光圀ではなく伊藤友玄に相談した。相談を受けた友玄は驚いた。兎も角も、弥智を水戸藩邸から下がらせて自らの屋敷へと移した。

「弥智殿を病気と称して水戸藩邸から下がらせ、我が家において養生させております。側には志保（伊藤友玄の妻、武佐の娘）が付いております」

「そのこと、右近衛権中将様は御存知か」

「いえ、申しておりません」

「で、ありましょうな」

武佐が頬に手を当て、溜息を洩らしながら続ける。

「何せ思い込んだら一途な方です。聞いたら何を言い出されるか」

「それ以上に、義母上様。右近衛権中将様にはあの話があります」

「あの話――」

そう応えた後に武佐は思い出し、息を呑んだ。

徳川頼房の三男で世子（次期当主）、徳川光圀。

光圀は水戸の三木家で過ごした時代、ごく普通の子として養われ家の近所の子供とも遊んでいたという。しかし六歳になると父の頼房に認知され、江戸にある水戸藩邸に移った。

窮屈《きゅうくつ》な大名生活が始まる。

いや自由を知っていた光圀には窮屈過ぎたのかも知れない。十代になると反動で放埒《ほうらつ》な生活を送るようになる。父親である頼房や家臣達は度々諫めた。

こうして様々に諫言《かんげん》されながらも、奔放な生活を送っていた光圀。ところが、人はどこかで転機を迎えるものかも知れない。光圀十七歳或いは十八歳の頃である。それまで度々諫められていたが、稀に仲の良い兄の松平頼重を持ちだされて比較をされた。頼重は良く出来た兄であった。

――どうなのであろう、このまま気ままに暮らしていて良いのだろうか。

と思ったかどうかは分からないが、書物を読むようになった。

この書物との出会いが、徳川光圀の学問への志に火を付けた。特に司馬遷《しばせん》の『史記《しき》』を好んで読んだ。『史記』は古い中国の歴史について書かれた書籍であるが、『史記』の中の「伯夷伝《はくいでん》」に出会い、ある事に気が付く。

――長男の兄（松平頼重）を差し置いて三男の自分が家督（水戸徳川家当主）を継ぐ。これは理屈としておかしいのではないか。

松平頼重と徳川光圀、この兄弟が父頼房から認知された時。

兄の頼重は江戸へ移されたが疱瘡《ほうそう》（天然痘《てんねんとう》）を患《わずら》い、静養に時間が掛かった。その間に、光圀が将軍徳川家光のお目見えを済ませ世子（跡継ぎ）と決まった。長男が相続するのが一般的ではあるが、事情が事情である。だが青年となった光圀は、三男であるにも関わらず次期当主と決められた自らの立場を不自然と解釈した。

この頃からである、周りに自らの考えを伝え始めた。

「たまたま将軍お目見えの順番で、自分が水戸徳川家の世嗣となった。しかし本来継ぐべきは長男である兄の頼重であった。その為、兄頼重の子をいずれは自らの養子とし、水戸徳川家を継がせたい。自分の子が生まれた時には、その子は水子《みずこ》（堕胎《だたい》）にする」

家臣からすると驚く内容を、光圀は言い出した。

兄を差し置いて、自分が当主につくのはおかしい。だから兄の子を養子として自分の後を継がせたい。そこまでは話として分かる。ところが自分に出来た子は、当主の座を継がさない為に堕胎させるという。異常なまでの一途さである。

そして言い出して、五年が経とうとしていた。

武佐の目の前で話をしている伊藤友玄が、溜息まじりに吐露する。

「確かにお若い頃から一途な所があられますな。ですがこのままでは、出来た御子がどうなるか」

武佐も弱った顔をしながら、友玄の話を聞いている。

「仮に我が家にいる弥智殿のことを、右近衛権中将様に申し上げるとなると――」

「そう、下ろせ（堕胎）と言い出しかねませんね」

生まれた子が男子なら、光圀は本当に堕胎を言い出すかも知れない。

武佐は頬に手を当て、少し小首を傾げ考えながら続ける。

「あるいは。それが不器用な右近衛権中将様の御優しさなのかも知れませぬ。同じ不遇な身の上でお生まれになった御兄弟(松平頼重と徳川光圀)。その御兄弟のうち、家を継がなかった兄君(松平頼重)

への、継いだ弟君（徳川光圀）のお気遣い――」

武佐が考えながら呟き、友玄も頷いた。

「ですが玄蕃殿。だからといって出来た子を下ろして良い――、とはならぬと思います」

「確かに」

武佐は友玄に頭を下げた。

「この一件。玄蕃殿の所で内々にしておいてもらえませぬか」

「それは構いませぬが――。もし、御子が生まれた場合には」

「讃岐の左近衛権少将《さこんえごんのしょうしょう》様（松平頼重）にすがるしか他にございますまい。あの方なら、どうにか良い知恵を授けてくれましょう」

「そうですな、それが一番良いのかも知れません」

弥智のお腹の中にいる子の父、徳川光圀には伏せておく。その上で光圀の兄松平頼重に相談し、指示を仰ぐ方が表立つより良い、と二人は考えた。

「それにしても玄蕃殿」

「はっ」

「江戸におられる殿様（徳川頼房）は、今年で御幾つに成られます」

「確か――、五十に成られる筈ですが」

「でしたら妹（安休の次女感、岡崎）が幼き日の殿様にお仕えしてより、五十年になりますか」

武佐の妹感が四人の子を連れ伏見城に入り、生まれたばかりの鶴千代丸（徳川頼房）の乳母岡崎として仕えた日から五十年が経った。それは安休の一族が水戸徳川家に関わって半世紀が過ぎたことを意味する。

「五十年たってなお。水戸家はなかなか――、落ち着かぬ家ですね」

「は、我々家臣一同の不徳の致すところで」

そう友玄に言われて、武佐は頭《かぶり》を振《ふ》った後に笑って答えた。

「いえね。こう心配の種が出来ると、おちおち夫（故、三木之次）の所へも安心して行けやしない、と思いましてね」

友玄は只々、頭を下げるしかなかった。

安休の長女として生まれ、近衛前子、後陽成天皇、更に夫三木之次と共に徳川頼房に仕えた武佐。武佐の数奇な人生は、この六年後に終わる。

伊藤友玄は武佐との話を終えると、江戸へと戻った。この年の冬、江戸にある伊藤友玄の屋敷で光圀の子が生まれた。生まれた子は男子で鶴松《つるまつ》と名付けられた。

友玄は子が生まれると光圀の兄、松平頼重に相談する。頼重は話を聞くと、自ら引き取り育てることにした。

こうして徳川光圀の子、鶴松は生まれるとすぐに頼重の領地、讃岐国《さぬきのくに》（現在の香川県）へと引き取られていった。

この間の事情について、光圀自身は知っていたとも、知らなかったとも言われている。

ただ、武佐に「落ち着かぬ家」と言われた水戸徳川家。水戸徳川家はまだ、落ち着かない。

さて万治元年《まんちがんねん》（一六五八）、安休の長女武佐が亡くなる。八十八歳であった。

更に三年後の寛文《かんぶん》元年（一六六一）。

水戸城において徳川頼房も亡くなる、享年五十九。

徳川家康の十一男鶴千代丸として生まれた頼房。安休の次女感を乳母とし、感が亡くなると安休の長女武佐を養育係として迎え、水戸徳川家藩祖となった。

その徳川頼房が亡くなった。次期当主は三男の徳川光圀と決まっている。

葬儀も執り行われ、明日には幕府から相続の認可に関する使者が来る、という日。頼房の子供達、松平頼重や徳川光圀、その弟達が集まった。この席で、次期当主の光圀が兄弟達に頭を下げた。

「父頼房の葬儀も無事終わり、明日には儂が当主となる。これは皆々の御蔭で出来たこと。厚く御礼を言いたい」

殊勝に述べる光圀に対し、兄弟達も頭を下げて応える。

――昔は破天荒な兄（光圀）だったが、当主となると相応に振舞えるようになるものだな。

弟達は頭を下げながら互いに目を合せ、忍んで笑っている。

ところがそこからがいけない。以前からの発言を改めて口に出した。

「皆の御蔭で水戸家を継げたのは、非常にありがたい。なれどこの席は、元を正せば兄松平讃岐守《まつだいらさぬきのかみ》（松平頼重）のもの。儂は一代預かりとし、次の当主は兄の子に継がせたい」

光圀は次の当主に兄の子を据える、という考えを諦めていなかった。

——また言い出した。最近は学問に熱を上げ、大人しくしておったものを。

聞いた弟達は閉口する。名前の挙がった当の兄松平頼重も渋い顔をした。

「言いたいことも分かるが、何も今日決めねばならん訳でもあるまい。追々、その話はしよう」

頼重の領地、讃岐国高松には光圀の実子鶴松を預かり養っている。これを親元（光圀）に返し、光圀の次の当主にしても問題がある訳ではない。

だがその頼重に、光圀が気色《けしき》ばんだ。

「いや、今日の今日決めねば安心して当主には就けん。兄上、兄上の子をくれねば、儂は当主の座には就かん」

頼重の子を養子として貰い受けられないなら水戸徳川家当主の座を蹴る、と光圀は言い出した。明日には幕府の使者が来る、という日にである。

光圀は水戸徳川家の当主の座、否、水戸徳川家そのものを人質に取り、自説を通そうと考えた。恐ろしいまでの一途さである。

これには全員が驚いた。

兄弟達は光圀を知っている。腹の違う弟達も、一緒に遊び育ってきた。光圀は一度言い出したら聞かないことも知っている。そこで弟達は光圀ではなく、兄の頼重を説得し始めた。頼重は弟達に説得され、渋々ながらも受け入れるしかなかった。

徳川光圀は父頼房の喪が明けた後に、兄松平頼重の長男綱方《つなかた》、次いで次男綱條《つなえだ》の二人を養子として迎えた。この弟の綱條が水戸徳川家三代当主となる。

水戸徳川家初代当主徳川頼房（徳川家康十一男）
水戸徳川家二代当主徳川光圀（徳川頼房三男）
水戸徳川家三代当主徳川綱條（徳川頼房長男松平頼重の次男）

水戸徳川家初期の当主は、このように継がれていく。

反対に、松平頼重は手元で育てていた弟光圀の子鶴松を養子として迎え入れる。鶴松はその後、讃岐高松藩二代当主松平《まつだいら》頼常《よりつね》となった。

松平頼重と徳川光圀の兄弟は、結果的にお互いの子を養子として交換し、家を継がせることになる。

ここに、ここにである。

徳川頼房の長男として生まれながら水戸徳川家を継がなかった松平頼重。一度、水戸徳川家から出た松平頼重の血筋が子供を養子として交換することで三代綱條の時に戻ってきた。

以降、頼重の子孫が代々水戸徳川家当主を継いでいき、幕末まで続く。

そして頼房の三男にも関わらず当主となった徳川光圀。光圀は父頼房が亡くなると密かに抱いていた志を遂げる為、水戸徳川家を挙げての事業を始めていく。

安休や顕如、近衛前久の関係から始まった歴史の流れは因果を重ね、因果を積み重ねて、松平頼重、徳川光圀を大名にした。幕末はこの兄弟から作られていく。

終章　幕末、明治へ

三木之次、武佐、英勝院により救われた徳川頼房の二人の子、松平頼重と徳川光圀。

幕末はこの二人の兄弟から作られていく。

兄の松平頼重。

頼重は徳川頼房の長男として生まれたが、水戸徳川家を出て讃岐国高松藩を興し藩祖となる。

ところが松平頼重の子は徳川光圀の養子となり、水戸徳川家三代当主となった。

ここから松平頼重の子孫はおおいに繁栄し、血脈を広げる。水戸徳川家の当主を代々継いでいき、跡継ぎのいない場合には讃岐国高松藩の頼重の子孫から養子を貰い受け、幕末まで続いた。幕末、この松平頼重の子孫から多くの人物を輩出する。


水戸徳川家九代当主、徳川斉昭《なりあき》。

松平頼重から数え七代後に誕生したのが徳川斉昭である。斉昭は水戸徳川家当主となり江戸幕府の幕政にも参画したが、後に安政《あんせい》の大獄《たいごく》で蟄居《ちっきょ》させられる。

一橋慶喜《ひとつばしよしのぶ》（徳川慶喜）。

その斉昭の七男、水戸徳川家から一橋家に養子に入ったのが最後の征夷大将軍、徳川慶喜だった。

更に水戸徳川家以外の松平頼重の男系子孫について。

尾張徳川家当主、徳川義勝《よしかつ》。

義勝は混乱した幕末の中で幕府の存続に奔走し、第一次長州征伐では総督となった。

陸奥国会津藩《むつのくにあいづはん》当主、松平容保《かたもり》。

容保は新設された京都守護職に就いて幕府存続に奔走したが、徳川慶喜が将軍となると特に支えた。新選組《しんせんぐみ》を庇護《ひご》した大名としても知られる。

伊勢国桑名藩《いせのくにくわなはん》当主、松平定敬《さだあきら》。

定敬は最後の京都所司代《きょうとしょしだい》となり兄で京都守護職の松平容保を助けたが、慶喜が将軍につくと、新政府に対し特に強硬派となった。

この徳川義勝、松平容保、松平定敬は美濃国高須藩《みののくにたかすはん》に生まれた兄弟で、高須藩からそれぞれの家へ養子に出た。兄弟達の祖父（水戸徳川家六代当主徳川治保《はるもり》の次男、松平義和《よしかず》）は水戸徳川家から養子として高須藩に来ており、これら兄弟と徳川慶喜とは再従兄弟《はとこ》関係（従弟《いとこ》の子同士）にあたる。

このように松平頼重の子孫は、幕末に幕府の命運を左右した大名を多く輩出した。

松平頼重は結果として、幕末に活動する『人物』の基となった。

では弟の徳川光圀はどうであったか。

光圀は水戸徳川家の二代当主となった。

だが光圀の子は、弥智《やち》との間に出来た鶴松こと松平頼常《まつだいらよりつね》だけであった。そして頼常は讃岐国高松藩の当主となったが子に先立たれ、光圀の血脈は途絶えた。しかし光圀は自らの血以外の物を、後世に残す。

それが日本の歴史を紀伝体《きでんたい》で編纂した史書《ししょ》と編纂作業を行う彰考館《しょうこうかん》である。

光圀は青年時代、荒れた生活を送っていた。ところが書物を読むうちに学問に目覚め、当時の知識人、教養人と交わるようになる。この交流を行う中で、自らも日本の歴史の編纂を行いたい、という志が芽生《めば》えた。そして父である頼房の亡き後、水戸徳川家を継ぐと藩を挙げて編纂事業を行うようになった。編纂された歴史書は光圀の死後『大日本史《だいにほんし》』と名付けられ、五十年ほどの休止期間を挟み、明治時代後期に完成する。およそ二百五十年の編纂期間を要した一大事業であった。

さて問題は編纂された歴史書ではなく、編纂作業所に勤めていた学者、編者達である。

徳川光圀は編纂事業を行うにあたり、水戸徳川家の家臣や内外の学者を集めた。この編纂に携《たずさ》わった学者達の学問、これを総称して水戸学、ないしは水戸学派と呼ぶ。特に五十年の休止期間を境に、前半は徳川光圀を中心とした前期水戸学、後半は徳川斉昭、藤田幽谷《ふじたゆうこく》を中心とした後期水戸学とに分けられる。

後期水戸学の中心人物として名前の挙がる藤田幽谷は、『大日本史』の編纂作業所である彰考館の総裁であった。しかし幽谷の生きた江戸時代後期は「内憂外患」の時代でもあった。「内憂」とは長年続いた幕藩体制の歪《ゆが》みと度重なる飢饉により疲弊《ひへい》していく農村であり、その農村から増え続ける百姓一揆であった。「外患」とは鎖国を続ける日本に対して、海の向こうから現れ接触を求めてくる海外諸国であり、幕府はこの扱いに困難を極めた。

まさに江戸時代後期は、幕府にとっても諸国の大名にとっても内政問題と外交問題という「内憂外患」を抱え、その解決策を見出せず閉塞《へいそく》した状態にあった。

藤田幽谷の弟子に、やはり彰考館総裁となった会沢安《あいざわやすし》（正志斉《せいしさい》）がいる。会沢は外国に対する対応策をまとめた『新論《しんろん》』を作成したが、その中身は「内憂外患」に対する危機感を色濃く反映される物だった。この一部を要約すると、次のように書かれている。

――「内憂外患」に対処するため日本は、民心の支持を得た統治を行う必要がある。民心の支持を得る為には、古くから親しまれた伝統を重んじる神道《しんとう》に依《よ》るべきである。その為、神道の祭主《さいしゅ》である天皇に民心を統合し、もって国難に対するべきである。

会沢は『新論』の中で「内憂外患」に対処する為、天皇を中心とした統治哲学「尊王」を論理的に体系化し示した。

そして藤田幽谷の子である藤田東湖《とうこ》が「尊王攘夷」（「尊皇」天皇を中心とした統治哲学、「攘夷」接触してくる外国を排斥する拝外思想）という思想と言葉を生み出した。

「尊王攘夷」という思想は徳川家の一つである水戸徳川家から生まれ、江戸幕府を否定するものではなかった。ところが会沢安の『新論』が骨抜きにされながら広まり、閉塞された空気を打破する為に「尊王攘夷」が思想として支持されると、幕府を否定する者の指針となった。結果、「討幕《とうばく》」（江戸幕府を倒す）という目標と合わさり「尊王攘夷」思想は幕末の日本を揺《ゆ》り動《うご》かした。

徳川光圀は、歴史の編纂という事業を興し、その副産物として「尊王攘夷」を産みだす。

光圀は結果として、幕末を動かした『思想』を生み出す基を残した。

松平頼重と徳川光圀の兄弟。この兄弟は、幕末の「人物」と「思想」とを生み出す基となった。

ところで水戸学について、もう少し。

徳川光圀は事業として『大日本史』の編纂を始めた。『大日本史』は紀伝体で書かれた史書であるが、「本紀《ほんき》」（歴代天皇の事績《じせき》）から始まり、「列伝《れつでん》」（親王、公卿、武士などの事績）、「志《し》」（社会、経済、宗教などの風俗）、「表《ひょう》」（政治などの組織形態の移り変わり）の四部で構成されている。

始まりの「本紀」において代々の天皇の事績を纏《まと》めていることから分かるように、発起人《ほっきにん》たる徳川光圀から既に天皇を敬《うやま》う姿勢を取っていた。水戸徳川家はその光圀の姿勢を家風とする。ただし水戸徳川家は天皇を重んじながら、徳川の姓を持ち将軍家を輔弼《ほひつ》する立場でもあった。そこで天皇を尊重し、幕府を支える「尊王敬幕《そんのうけいばく》」の方針を取る。

そして松平頼重の子孫、前《さき》に出てきた幕末の水戸徳川家当主であった徳川斉昭。斉昭も徳川光圀以来の家風である「尊王」を尊重し、会沢安からの影響も強く受けた。結果、斉昭は自他ともに認める尊王攘夷の旗頭《はたがしら》となった。

その斉昭の子で、最後の征夷大将軍となった徳川慶喜。徳川慶喜もまた父である斉昭の影響を強く受け、「尊王」を思想として強く持った。(攘夷に関しては否定的ではあったが)そして慶喜が二十歳の時に、父斉昭から言われたという話が残っている。——朝廷と幕府とが戦った場合、たとえ幕府に背いても朝廷には刃向かってはならぬ。これは徳川光圀以来の家訓である。

この教えは、斉昭が父である水戸徳川家七代当主徳川治紀《はるとし》から受けた家訓を基としている、と言われている。朝廷、幕府の両方を尊重する「尊王敬幕」を堅持しながら、これら二つが争った場合の方針を慶喜に示した。

さて、この家訓を受けた徳川慶喜。廻り廻って、押し付けられるように将軍の座に着いた。ところが慶喜は江戸幕府の命脈が尽きていることを早くから理解していた。そこで新しい統治体制の枠組みを模索する。それに対して後に新政府の中核となる薩摩藩や長州藩が主導権を握ろうと対立。鳥羽伏見の戦いが起こった。

将軍であった徳川慶喜は戦いの直前に大坂城へ入ると終始、城から動かなかった。そして戦い半《なか》ば、錦旗《きんき》（朝廷の旗）が新政府側から上がる。錦旗が新政府側に立ったということは、朝廷は新政府側を支持したことを意味する。これを聞いた徳川慶喜は逃げるように大坂城を脱出、海路で江戸に戻った。

反対に鳥羽伏見の戦いで勝った新政府は、徳川慶喜を抵抗する最重要人物と考え朝敵《ちょうてき》（天皇や朝廷に反逆する敵）と定めた。

こうして江戸に戻った徳川慶喜。慶喜は幕府の指導者として、或いは武士の意地として新政府に反抗すべきであった。現にこの後、幕府の一部や東北、北陸の大名、武士は抵抗を行っている。

しかし尊王を思想、あるいは水戸徳川家に代々引き継がれたアイデンティティとして強く持っていた徳川慶喜。慶喜は天皇や朝廷の敵とされるのは耐えられなかったであろう。身の潔白と恭順《きょうじゅん》を示す為に寛永寺《かんえいじ》に入り謹慎する。

これにより江戸幕府は指導者を失い、組織的な抵抗が出来なくなった。これが江戸無血開城《えどむけつかいじょう》という結果に繋がる。最後まで戦わず、途中で将軍の責務を投げ出した慶喜の態度は腰折《こしお》れと批判された。だが結果として明治維新という近代化革命の中で日本全国に広がるような内戦に発展せず、主要都市である江戸（東京）も京都も大きな戦災に遭わず、明治時代に移行出来た。

三木之次、武佐、英勝院により救われた徳川頼房の二人の子、松平頼重と徳川光圀。

兄である松平頼重の子孫（徳川慶喜）が、弟である徳川光圀が興した事業の副産物である思想（尊王）を持つことで江戸時代に終止符が打たれ、明治時代が訪れた。

武士の世であった近世が去り、近代日本がここから始まる。

後日談《ごじつだん》　そして夫婦は神となった

石山本願寺に仕えていた父の安休。宮中、徳川家に仕えた娘の武佐。武佐と三木之次により松平頼重と徳川光圀の兄弟は救われ、兄弟から幕末が作られた話を述べてきた。武士の時代であった江戸時代が終わり、明治時代が始まる。

安休の一族が関わった物語も、これにて一区切りがついた。ところで三木之次と武佐の夫婦。夫婦は現在、神として祀《まつ》られている。では何故、祀られるようになったのか。その話を最後にしておきたい。というのも夫婦が祀られるようになった話は同時に、我々の身の廻りにある社会を色々と形作っているからである。いうなればこの物語と、物語を読んでいる貴方を取り巻いている世界についての話でもある。

水戸徳川家は前にも述べたが「尊王敬幕《そんのうけいばく》」、朝廷を敬《うやま》い幕府を支える方針を取った。ところが家中は朝廷支持派と幕府支持派とに割れ、いがみ合った。特に朝廷支持派は過激化し桜田《さくらだ》門外《もんがい》の変《へん》など数々の事件を起こす。水戸徳川家は、二派が報復を行い多くの家臣を失っていった。水戸徳川家は人材が払拭《ふっしょく》した、と言われるまでに多くの家臣を失い明治時代を迎えるという悲惨な結果となった。

さて三木之次、武佐より始まった水戸徳川家の三木家。この三木家に明治時代、三木啓次郎《みきけいじろう》という人が生まれた。三木啓次郎は壮年になると、幕末の混乱期に命を落とした水戸徳川家家臣達の墓や碑を訪ね慰労して回ったという。

大正八年(一九一九)。

三木啓次郎は大阪の四天王寺《してんのうじ》へも詣《もう》でた。四天王寺には桜田門外の変で首謀者とされた高橋多一郎《たかはしたいちろう》、庄左衛門《しょうざえもん》親子の墓がある。三木啓次郎はこの二人の墓に参ろうとしたようである。ここで運命的な出会いが起こる。

鳥居をくぐり寺の敷地に入る。すると現在でもそうだが、参拝者《さんぱいしゃ》を相手とした露店が並んでいる。参道《さんどう》を歩いていた三木啓次郎は露店の一つに目を留めた。一人の露天商が粗末な戸板に商品を並べている。

品物を並べている若い露天商と目が合った。露天商が会釈《えしゃく》をし、啓次郎も返す。売っているのは電灯のソケット。ただ普通のソケットとは異なり、先端が二股に分かれている。普通の電灯ソケットではない。何に使う物かも分からず、手に取り露天商へ尋ねた。

「失礼だが、これは何に使う物か」

「はい、二灯用ソケットと申します。これを家に付けますと電灯をつけながら電気製品も使えるようになります」

露天商が売っていたのは、当時先進的であった二股ソケット。大正時代、家に電灯はあったがコンセントは未だなく、簡単に電気製品を使えなかった。しかし二股ソケットを付けると電灯から分岐した配線で電気製品も使えるという、画期的な商品であった。

「ほう、それは便利な。ご主人が作られたのか」

「はい、私の手製でございます」

露天商は興味を持たれ嬉しかったのだろう、笑みを浮かべ頷いている。

笑みを浮かべている細面の露天商。四十歳になった啓次郎より、一回り以上若く見える。

「その若さで作られたのか。失礼だが、御幾つになられる」

「はい、今年で二十三になります」

「あぁ、学校を出て商売を始められたのですな」

「まぁ、余りしっかりとは通ってないですが」

話を聞くと九歳で丁稚奉公として商店に入り夜間学校に通いながら、この年に独立して会社を興したという。第二次世界大戦の前、明治、大正時代の話である。

だが商品に自信があったのだろう、露天商は鼻息荒く三木啓次郎に説いた。

「このソケットは家々を照らしながら、電気製品を使うだけではございません。これがあれば便利になり、生活が豊かになります。電気で日本が明るくなるのです」

そう言われ、三木啓次郎は再び二灯用ソケットに目を落とした。

——確かにこの商品、これからの時代に必要だ。

三木啓次郎は四天王寺での用を済ますと郷里《きょうり》の水戸に戻った。そして自らの田畑を抵当に入れ資金を作ると、露天商に出資する。

そこから時代は、大正、昭和、昭和も第二次世界大戦が終戦した戦後。

露天商の会社は幾度かの浮沈を繰り返しながら、日本では知らぬ者のない大企業へと発展した。若き露天商が興した会社の名前を松下電器産業株式会社《まつしたでんきさんぎょうかぶしきがいしゃ》（現、パナソニックホールディングス株式会社）。四天王寺の境内にいた露天商は後に「経営の神様」と呼ばれるようになる若き日の松下幸之助《まつしたこうのすけ》であった。

松下幸之助は若い頃に出資をしてくれた三木啓次郎への恩を忘れなかった。二人は終生交流を続ける。幸之助は『松下幸之助発言集』の中において「三木老人は大変世話好きな人」と触れている。三木啓次郎は確かに世話好きな老人であったのかも知れない。

顔の広かった三木啓次郎は、戦災や災害で焼失した神社仏閣の再建を度々考えた。そこで松下幸之助に相談を持ち掛け、幸之助も二つ返事で寺や神社への寄付を行う。

松下幸之助に寄付され建てられた神社仏閣の建物は多くあるが、二つ挙げると。

昭和三十五年（一九六〇）、東京都浅草《あさくさ》。

浅草寺《せんそうじ》の雷門《かみなりもん》は江戸時代末、慶応元年《けいおうがんねん》（一八六五）に火災で焼失している。その後、仮設の門が建てられたりはしたが、再建されることは無かった。そこで松下幸之助は三木啓次郎の薦めにより寄付を行い、百年ぶりに再建する。これが我々の知っている現在の浅草寺の雷門と大提灯《だいちょうちん》である。因《ちな》みに、大提灯の正面下には松下電器、反対側には松下幸之助の名が入っている。また雷門を潜《くぐ》る時、風神雷神《ふうじんらいじん》のうち雷神《らいじん》の側壁に一枚のプレートが埋め込まれている。そこには「寄進者」として松下幸之助の名が、「世話人」として三木啓次郎の名が入っているのは是が故である。

現在、浅草寺の雷門と大提灯は東京、或いは日本を表すシンボルの一つとして親しまれている。

昭和四十年（一九六十五）、茨城県水戸市常盤神社《ときわじんじゃ》。

常盤神社は徳川光圀、徳川斉昭を祀《まつ》っている。この神社にも松下幸之助は浄財《じょうざい》を寄付し、新たな神社を敷地内に建てた。建てた神社の名を「三木神社」、祀られているのは三木之次命《みきゆきつぎのみこと》、三木武佐命《みきむさのみこと》。

三木之次、武佐の夫婦は死後三百年以上の時を経て、神として祀られるようになった。

三木神社は常盤神社本殿左奥にひっそりと建ち安産、子授け、子育て等の御利益があるとされる。

仏の子として寺に生まれ、成長すると宮中や徳川家に仕えた夫婦。死後には神として祀られるようになったのはやはり、奇縁《きえん》の持ち主であったのだろう。


さて話のついでにもう一つだけ、昭和四十四年（一九六九）。

テレビを作っていた松下電器は販売促進の為であろうか、月曜八時に一時間のテレビ枠を確保した。諸説あるが、松下幸之助は三木啓次郎にこの枠で行う番組内容の助言を求め、三木啓次郎は言ったという。

「電気で日本を明るくしてきた松下だ。テレビでも日本が明るくなるものが良いだろう」

こうして始まったのが『水戸黄門《みとこうもん》』である。

もともと水戸黄門は江戸時代、徳川光圀からヒントを得て創作された物語であった。明治以降も庶民に親しまれ舞台、映画、テレビでも度々演じられていた。そして、この松下電器をスポンサーとして始まったテレビドラマ『水戸黄門』は日本中の御茶の間で親しまれ、昭和、平成、令和と続けられている。この間、松下電器は平成の途中まで一社提供のスポンサーを続けた。これが実像としての「徳川光圀」ではなく、日本人ならまず知らぬ者はいないお話の中の人物「水戸光圀」として広まった。

江戸時代初期、三木之次、武佐の夫婦は徳川光圀を救った。

その夫婦の子孫である三木啓次郎と偶然に出会った松下幸之助が、昭和において水戸光圀を広めた。

実像としての「徳川光圀」とお話としてのキャラクター「水戸光圀」。

偶然、と言えば偶然で片づけられる話である。だが途切れること無く続いた歴史の果てに、我々の社会は作られている証左《しようさ》ではないだろうか。

歴史は因果を重ね、積み重ねた果てに我々の、貴方の生きている現代を作り出している。だから歴史は面白い。

参考文献

『戦国の近江と水戸　浅井長政の異母兄とその娘たち』久保田暁一
　サンライズ印刷出版部　1996・5
『水戸歴世譚』鈴木成章／編者　富国強兵社　1907
『現代語訳　信長公記』太田牛一／榊原潤　訳　ちくま学芸文庫　2017・2
『織田信長文書の研究』奥野高広　吉川弘文館　1988・9
『信長と石山合戦　中世の信仰と一揆』神田千里　吉川弘文館　1995・10
『一向一揆と石山合戦』神田千里　吉川弘文館　2007・10
『播磨と本願寺　親鸞・蓮如と浄土真宗のひろまり』兵庫県立歴史博物館／編
　神戸新聞総合出版センター　2015・4
『流浪の戦国貴族近衛前久』谷口研語　中央公論社　1994・10
『中世の門跡と公武権力』永村眞／編　戎光祥出版　2017・6
『大阪府全志』井上正雄　清文堂出版　1922
『久寶寺村誌』安田覺三郎　合名會社大石堂活版部　1928

『公家事典』橋本政宣／編　吉川弘文館　２０１０・３
『完訳フロイス　日本史』ルイス・フロイス著　松田毅一・川崎桃太／訳　中央公論新社　２０００・１
『十六・七世紀イエズス会日本報告集』松田毅一／監訳　株式会社同朋舎　１９９８・１
『水戸学の研究　明治維新史の再検討』吉田俊純　株式会社明石書店　２０１６・５
『真宗教団の構造と地域社会』大阪真宗史研究会／編　清文堂出版株式会社　２００５・８
『高島郡誌』滋賀懸高島郡教育會／編　滋賀県高島郡教育会　１９２７・７
『近江八幡の歴史』近江八幡市史編集委員会／編　近江八幡　近江八幡市　２０１４・３
『徳川和子』久保貴子　吉川弘文館　２００８・２
『廣済寺縁起と冨樫氏』金澤廣済寺奉賛会　名原印刷株式会社　１９７９
『近江浅井氏の研究』小和田哲男　清文堂出版株式会社　２００５・４
『日本偉人言行資料５』堀田璋左右・川上多助／共編　国史研究会　１９１５
『安井家文書』大阪市史編纂所／編　大阪市史料調査会　１９８７・２
『徳川光圀』吉田俊純　株式会社明石書店　２０１５・１
『桃源遺事　水戸光圀正伝』稲垣国三郎／註解　清水書房　１９４３
『松下幸之助発言集』松下幸之助　ＰＨＰ文庫　１９９６・４
『松下幸之助「根源」を語る』下村満子　ダイヤモンド社　１９８１・３
吉田兼見　続群書類従完成会　１９７１
科言継　國書刊行會　１９１５

『群書類従　第20輯』塙保己一　続群書類従完成会　1979
『続史料大成第39巻』竹内理三／編　臨川書店　1985
『石山本願寺日記　顕如上人文案』上松寅三／編　清文堂出版　1984
『大日本史料第10編之4、5』東京大学史料編纂所　東京大学出版会　1967・7
『大日本古文書　家わけ第十六島津家』東京大学史料編纂所　東京大学出版会　2022・4
『日本史学年次別論文集　近世1―1997年』学術文献刊行会　朋文出版　1999・8
『豊臣家中からみた大坂の陣：大坂落人浅井一政の戦功覚書を題材として』堀智博
　『共立女子大学文芸学部紀要』第63号　2017
『「二条宴乗記」に見える大坂石山寺内町とその周辺』仁木宏　大阪市立大学文学部紀要　1997
『ニッポン人・脈・記　黄門は旅ゆく④』朝日新聞夕刊　平成21（2009）11・13　夕刊

【著者紹介】

西村　弘毅（にしむら　ひろき）

1976年、大阪市生まれ。同志社大学大学院卒業。塾講師、不動産会社勤務等を経て、不動産管理会社設立。以降、経営に携わる。

或《あ》る一族《いちぞく》の肖像《しようぞう》

──信長《のぶなが》と戦《たたか》った父《ちち》、幕末《ばくまつ》への流《なが》れを作《つく》った娘《むすめ》──

2024年10月5日　第1刷発行

著　者 ── 西村《にしむら》　弘毅《ひろき》

発行者 ── 佐藤　聡

発行所 ── 株式会社　郁朋社《いくほうしや》

〒101-0061　東京都千代田区神田三崎町 2-20-4
電　話　03（3234）8923（代表）
FAX　03（3234）3948
振　替　00160-5-100328

印刷・製本 ── 日本ハイコム株式会社

装　丁 ── 宮田　麻希

落丁、乱丁本はお取り替え致します。

郁朋社ホームページアドレス　http://www.ikuhousha.com
この本に関するご意見・ご感想をメールでお寄せいただく際は、
comment@ikuhousha.com　までお願い致します。

　ISBN978-4-87302-824-8　C0093